Selina Holešinsky

SCHALTIERE AM WALDBODEN

Gedruckt mit freundlicher Unterstützung von
Stadt Wien Kultur.

Product footprint
CO_2 Neutral
PBN-CFMCP-015258
www.preferredbynature.org

FSC
www.fsc.org
MIX
Papier aus verantwortungsvollen Quellen
FSC® C014138

Grafische Gestaltung: Buntspecht, Wien
Umschlagabbildung: © Gabriel Hyden unter Verwendung von Dall-e
Druck und Verarbeitung:
FINIDR, s.r.o., Český Těšín
ISBN 978-3-7117-2152-5

Informationen über das aktuelle Programm
des Picus Verlags und Veranstaltungen unter
www.picus.at

Selina Holešinsky

SCHALTIERE AM WALDBODEN

Roman

Picus Verlag Wien

1

Ein Spiel: Ich schließe die Augen. Ich höre Vogelgezwitscher, dumpfes Klirren, ein Seufzen, leise Schritte, Ruhe, wieder leise Schritte, Kindergeschrei, jemand lacht. Meine Augen, immer noch geschlossen. Ich liege in meinem Zimmer. Ich kenne es auswendig. Drei Puppen, ein Kran aus Holz, die Bettwäsche mit den Braunbären, meine Steinsammlung, meine Wurzelsammlung, meine Büchersammlung, die Deckenschräge, die vielen Astgesichter darauf. Das eine Astgesicht, das dem Bild meiner Urgroßmutter ähnelt. *Sie schaut auf dich, jetzt kannst du schlafen.* Der Raum. Das Licht. Die Sonne. Sie fällt schwer zum Fenster herein. Ihre Strahlen stechen den roten Stoff auf dem Boden, der meinen Hinterkopf hält, wenn ich daliege, wie ich daliege. Augen auf. Alles ist gleich. Alles steht da, wo es stehen soll, in meinem Kopf wie außerhalb. Und auch nicht. Das Zimmer sieht anders aus. Realer. Genauer. Das Licht ist stumpf, wo es spitz war. Wenige Sekunden und meine Gedanken haben meine Erinnerungen hauchdünn verzerrt. Ein feiner Schokoladenspan Erinnerung. Ich bemerke die süße Verzerrung gerade noch, als sie durch meinen Kopf schmilzt. Ich weiß, sie breitet sich aus, nimmt Zeit, und irgendwann verwandelt sich mein Kopfinneres, wie eine Larve zum Schmetterling oder umgekehrt. Kommt darauf an, ob es drinnen dunkel ist oder hell.

Morgens begann es. Mutti rief mich aus dem Schlaf. Es war meine Aufgabe, in der frühsten Früh die gusseisernen Eimer mit Milch über den Hof zu tragen, damit Vati sie in die Kannen schütten konnte, damit Mutti sie wegbringen konnte, damit wir uns ein *Taschengeld verdienen würden.* Ich spürte durch den schläfrigen Film aus unruhiger Bettwärme, wie sich die dünnen Eisenstäbe der milchschweren Eimer in meine Finger gruben. Die kalten Stäbe kämpften gegen die Kinderknochen, deren Aufgabe es war, der dürren Erde keinen Tropfen Milch zu schenken. Ich trug die Eimer zusammen, damit Vati sie in große Blechkannen umfüllen konnte. Die Blechkannen wurden links und rechts an die Lenker des Fahrrads geschnallt, das nur Mutti fahren konnte, weil Vati zu groß und ich zu klein war. Wenn Vati es fuhr, standen seine Beine vom Rad ab und machten ihm Beinflügel, und Flügel waren nichts fürs Fahrrad. Es ächzte widerwillig. Vati mochte das Radfahren nicht. Auf dem Rad musste man zu häufig bergauf fahren und zu selten bergab, fand er. Es hatte jedoch seine Vorteile. Das Fahrrad war im Gegensatz zum Moped ein unauffälliges Gefährt. Frisch geölt schlich es unbemerkt durch das Dorf. Niemand hörte Vati, wenn er nachts ohne Licht Schlangenlinien fuhr und ab und zu umkippte und wie ein Stein im Straßengraben Verstecken spielte, was er nie zugab, doch seine verdreckten Hosen erzählten Mutti und mir die ganze Geschichte.

Das Fahrrad, es war schwarz und hatte einen silbernen Lenker, der glänzte, besonders wenn Mutti die Milch im rosa Morgendämmerlicht abgeführt hatte und im Sonnenschein wiederkam. Ihre Wangen waren danach voller kleiner roter Punkte, die zusammengezählt zwei große fleischige Wangen ergaben und sich tanzend durch die Landschaft chauffieren ließen. Zwei Sprungfedern unter Muttis Sitz katapultierten die fröhlichen Bäckchen in die richtige Richtung.

Ein Waffenradlsoso, hatte Susanna, eine der Ansässigen, Muttis Rad einmal genannt. Eifersüchtig war sie. Ich konnte es an ihren Stofffäusten sehen. Eine dicke Schicht gelblich brauner Haut hatte sich auf ihren Handinnenflächen gebildet. Die viele Haut machte Susannas Finger krumm, sodass sie nicht mehr auf Dinge zeigen konnte, und wenn sie es doch tat, dann führten die krummen Hautfinger die Pupillen in eine genauso krumme Richtung. Susanna ließ das mit dem Zeigen schließlich und versteckte ihre Hände lieber in den beiden Taschen ihres Rocks. Sie hatte kein Waffenradlsoso, sondern nur sich und die Kannen, die, da sie und Herbert nur zwei Kühe im kleinen Stall stehen hatten, nicht so oft abgeführt werden mussten, aber oft genug, dass die Haut ihre Finger verklebte.

Susanna und Herbert verkauften, wie alle anderen im Dorf, ihr Automobil. Von dem Geld kauften sie mehr Gänse, weil sie sich sicher waren, dass die Gänse ihnen Ertrag bringen würden und der Nutzen größer wäre als der der ausgedienten Räder, die man, wie Vati sagte, zum *Spottpreis* hätte kaufen können. Susannas Hände hatten sie in der Rechnung vergessen.

Jedes Mal, wenn ich die Eimer über den Hof tragen musste und die Stäbe es sich unnachgiebig in meinen wachsenden Kinderknochen gemütlich machten, kontrollierte ich sie danach genau.

2

Die *Sache mit dem Automobil* erklärte mir Mutti, als wir von Susanna über den kleinen Weg, der hinter den Häusern des Dorfes vorbeiführte, nach Hause gingen. Der Weg, der sich über die verschiedenen Gründe der Dorfmenschen schlängelte, war einst der Geheimweg des Dorfes gewesen. Jene, die sich verstecken wollten, benutzten ihn. Irgendwann benutzten ihn aber alle, und damit war es unauffälliger, direkt über den runden Dorfplatz zu spazieren, als sich den schmalen, von Dornengebüsch umrahmten Geheimweg entlangzuzwängen.

Ich versuchte Mutti zu verstehen, während ich hinter ihr herlief. Das Nebeneinandergehen war fast unmöglich. Wer breiter als normal breit war oder einen anderen an der Hand nehmen wollte, der wurde durch blutige Kratzer wieder in die schmale Bahn zurückgewiesen.

Muttis fester, hoher Rücken, der so voller Rückgrat war, dass er keine Luft und keinen Ton durchließ, erschwerte es mir, ihre Worte zu verstehen, und meine Gedanken mussten die langen Abstände zwischen den zerbrochenen Wortteilen auffüllen.

Das mit dem Automobil war eine Sache, über die niemand gerne sprach, deshalb verschluckte Mutti zusätzlich noch ein paar Worte, wie sie es immer tat, wenn sie über etwas nicht reden wollte. Die verschluckten Worte würden ihr einen unguten Magen machen, so ungut, dass sie die Wortbrocken in ihr drin abends mit heißem Wasser aufgießen musste. *Man schimpft gerne auf den Staat. Der Staat, das ist etwas, das viel größer ist als das Dorf und das Nachbardorf zusammen. So groß, dass wir Teil davon sind, aber nicht wirklich sehen können, wovon. Was am Ende aber auch egal ist, weil das Dorf besteht aus jedem Einzelnen, und jeder ist auf sich allein gestellt. Der Staat hat unser Dorf autofrei gemacht. Verstehst du? Also keine Autos mehr. Die Erzeugung ist zu schädlich. Nicht gut für das Klima.* Weil unser *Dorf jetzt Teil eines Pilotprojekts ist.* Mutti atmete ruckartig durch die Nase, wie man es tat, wenn man etwas nur ein kleines bisschen witzig fand. *Der Grund für alles ist, dass es im Winter zu warm geworden ist, so warm, dass wir kaum den Schnee auf dem Hof wegschaufeln müssen, so warm, dass auf manchen Teilen der Erde die Menschen im Sommer ohne Kühlgeräte zerkocht werden oder der Vati im Sommer tagelang schwitzt und sich mehrmals täglich nackt mit dem Gartenschlauch mitten auf dem Hof abspritzt, aber das kann nicht jeder.* Mutti schnaufte verlegen. Ich wusste, Mutti hoffte immer, wenn Vati nackt im Hof tanzte, dass niemand vorbeikam. Einmal kam doch einer vorbei, der erst, genau wie Mutti, verlegen lachte und dann so tat, als hätte er Vati nicht gesehen, und mit starrem Nacken über den Hof lief.

Es waren aber nicht nur das Schwitzen und das Schneeschaufeln, die sich verändert hatten. Vieles andere veränderte sich auch. Auf das ging Mutti aber nicht ein. Wer noch nicht lange auf der Welt war und so jung, dass die eigenen Knochen noch aus einem selbst herauswachsen wollten, der stieg meistens mitten in der Veränderung ein und konnte sich nur zusammenreimen, was davor passiert war. Trotzdem aber wachte man als Mitschuldige auf, und Mitschuldige müssen die Schuld anderer tragen, auch wenn sie gar nicht dabei waren oder nur in kleinen Fragmenten dabei, und selbst dann, weil sie sprichwörtlich aus den Schuldigen herauskommen, wie ich aus Mutti, müssen sie das, was passiert war, mittragen. Aber müssen sie das wirklich? Diese Frage stellte Mutti sich nicht und sonst auch niemand im Dorf.

3

Das Auto ist erst der Anfang. Das stand groß auf Vatis Endgerät. Er las es Mutti vor, als sie abends Marmelade einkochte. Es war ein Marillenjahr, wie kaum ein Jahr ein Marillenjahr war, weil der zu frühe Frost die Blüten steif werden ließ und die schönen weißen Blätter braun und fleckig machte. Der Frost war diesen Frühsommer nicht gekommen und die Marillen waren so gut, dass ich erst die zarten Früchte aus dem Eimer aß, um später mit spitzer Zunge die zähe Marmelade aus der zerkratzten Plastikschüssel zu lecken.

Damit ich alles an Marmelade erwischte, musste ich den Kopf tief in die Schüssel stecken. Den Kopf im süßen Hohlraum drangen die dumpfen Spekulationen, von welchem Ende das Auto der Anfang war, kaum durch die Marmeladenbahnen. Ich drehte die Schüssel im Uhrzeigersinn um meinen Kopf und malte mit meiner Zunge hohe Wellen auf die Innenseite. Wer sich der Schüsselmalerei hingibt, der bemerkt nicht, dass Haar, Wangen und Augenbrauen dabei verkleben, weil *die Kunst alle Aufmerksamkeit fordert.* So sah es Vati, wenn er sich mit seiner Gitarre im Wald verlor und Mutti in den Wald hineinschreien musste, der seine dunklen Schatten auf unser Haus legte. Vati hatte recht mit der Kunst und der Aufmerksamkeit. Als die Wellen sich liebkosten und ihr Anblick der Süße der Marmelade gerecht wurde, nahm ich die Schüssel ab und sah Vati mit faltiger Stirn vor mir. *Jetzt ist sie auch eine Marille.*

Von da an nannten sie mich Marillchen. Antonie war ich selten, und selten war nur dann, wenn ich mich in mein Zimmer zurückzog und Vati wollte, dass ich ihm die Schrauben in der Werkstatt sortierte oder die Speisekammer nach Mäusen absuchte oder sonst was machte, was besonders kleine Menschen mit besonders kleinen Händen gut konnten. Vati erklärte mir das mit den Autos so, dass der Staat wollte, dass die Menschen ihre Autos aufgaben, weil jemand, der noch größer war als der Staat, es so verlangte. Daher konnte man auch dem Staat nicht die Schuld geben. Je weiter man aber nach dem Schuldigen suchte, desto höher hinauf musste man, und irgendwann landete man beim Wetter. *Und dort liegt das eigentliche Problem, weißt du, Marillchen?* Also hatte der Staat unser Dorf ausgewählt, weil es alleine war, einsamer und ruhiger als alle anderen Dörfer zusammen. So ruhig sogar, dass vor einiger Zeit eine Welle Stadtmenschen dieses Dorf aufgrund seiner *Idylle* geflutet hatte. *Das Warenhaus der schönen Dinge* hatte das Dorf nach fiebriger Suche als Kulisse für seinen Gartenkatalog ausgewählt, während alle Dorfmenschen und alle Stadtmenschen wochenlang spekulierten, welches Dorf gewinnen würde. Dörfer wurden auf Listen gesetzt, Bilder verschickt, das Für und das Wider an saftigen Grashalmen herbeigezogen und verworfen. Den Dörflern ging es um ihren Stolz, den Städtern um den Traum von Idylle am Land, dem nur ein kleiner Teil der Stadtmenschen tatsächlich nachging. Dieser kleine Teil aber bevölkerte das auserkorene Gewinnerdorf in einer Dichte, wie es die Dorfmenschen nicht erwartet hatten. Die Neuen, sie kamen mit verklärten Augen und träumenden Worten. Sie kamen mit Bildern, die sie über das bröckelnde Gemäuer, die tropfnassen Dächer, die leeren Speisekammern stülpten und die ein Glück mitbrachten, das den Hiesigen nicht angenehm war.

Später, als die Zeit verging und sich die Bilder mit jedem Blinzeln von den Augen der Zugezogenen ein bisschen weiter abschabten, griffen sie häufig zum alten Warenkatalog, der mit dem Blättern so gelb und blass geworden war wie die eigenen Erinnerungen. Sie sehnten sich nach dem Anfangsgefühl, das mit grünen Preisstörern, praktischen Pflanzengefäßen und milchigen Gartenmomenten gespickt gewesen war. Das, was im Warenkatalog den angegrauten, verfallenen Hintergrund für filigrane Freischwinger-Gartenbänke, Astsägen mit Teleskoparm und belgische Jätklingen bildete, war die ganze Wahrheit des Dorfes. Seit der Krise, an deren Anfang sich niemand mehr erinnern konnte, ging es den Dorfmenschen schlecht. Sie lebten von der *staatlichen Güte*. Der Markt, unsichtbar und weit entfernt, schnitt sich nicht nur das Sahnehäubchen, sondern gar das rohe Überleben der Dörfler von ihren Erzeugnissen ab und aß ihre letzten Atemzüge mit gespreizten Fingern. Währenddessen sorgte der Staat halbherzig und mit wenigen Mitteln dafür, dass die Dörfler überlebten, nahm ihnen dabei jedoch jeglichen Sinn. Ihr Stolz und ihre Seele verwahrlosten Hand in Hand.

4

Die neuen Zugezogenen waren den Dorfmenschen nicht geheuer. Sie kleideten sich wie sie selbst, mit grasgrünen Wollwesten, Blaumännern und Maurerkapperln, die sie *Fischerhüte* nannten. Sie teilten auch die Liebe zur Natur und hatten keine Scheu anzupacken, wenn sie gebraucht wurden. Doch mit ihrem Vokabular konnten die Hiesigen nichts anfangen. Die Neuen sprachen von *dynamischer Integrität, kosmischen Rhythmen* und *Biodiversität*, was den Hiesigen ein bisschen was sagte, aber sie mussten es mehr erahnen, als es zu verstehen. So redeten die Neuen, während die Hiesigen zuhörten. Beide schweiften im Gespräch aber oft ab, die einen im Erzählstrang, die anderen im Zuhören, und so kam es, dass die eingeborenen Dörfler den Zugezogenen anfangs nur aus Höflichkeit weiter zuhörten. Je länger aber die einen die anderen kannten, desto schneller ging die Scheu verloren und damit auch die höfliche Geduld. Nicht selten ließen die Alten die Neuen im Gerede stehen, während diese gedanklich ausholten.

Warum die städtische Warenhaus-Einwanderungswelle nicht zur Eskalation führte? Sie kam gerade zur richtigen Zeit. Die Hiesigen merkten, dass sie ihre Erzeugnisse teurer verkaufen konnten. Das Vokabular der Zugezogenen kam gut bei den Städtern an und ihre Ideen brachten echtes Geld, das nicht der Gunst des Staates entsprang. Mit ihren gewachsten Zauberwörtern und Ideen verwandelten sie die Güter des Dorfes in

Kostbarkeiten. So gab es Erdäpfel, die nach *kosmischen Rhythmen gepflanzt wurden und die Biodiversität erhielten.* Bio-Gänse, deren Fleisch täglich massiert wurde. *Zäh war gestern. Probieren Sie die zarteste Versuchung, seit es Gänse gibt.* Rinder, die der Großbauer Hackner auf seiner schmatzenden Wiese in die Freiheit entließ und deren Hörner, anstatt abgesägt zu werden, blieben, wo sie waren. *Hackners gehörnte Bio-Wiesenkuhmilch. Kühe können auch lachen.* Säuerliche Mostäpfel, Lederäpfel, Schafsnasen, Maschansker, die die Familie Erich normalerweise verfaulen ließ, erfreuten als ehrliche Äpfel die süßgeplagten städtischen Gaumen, woraufhin der Frau Erich selbst ein Geistesblitz einfuhr und sie über Nacht und unter Strom ein neues Ladenschild schnitzen ließ. *Eriche Äpfel – alte Sorten. Chutney, Mus & Co.*

Die Lücke zwischen Dorfmenschen und Zuzüglern stopften die Verkäufe. Obwohl Mediziner, Architekten, Finanzler oder Journalisten unter ihnen waren, fügten sie sich durch ihre Verkaufsideen, die sie aus der schnellen Welt mitbrachten, gut unter die Hiesigen. Sie planten Stallumbauten, Kommunikationsauftritte und kontaktierten die Welt außerhalb des Dorfes, was immer mehr Vatis Aufgabe wurde. Er sorgte dafür, die Vorgänge des Dorfes der Welt mitzuteilen. Das Vertrauen zwischen den Alten und den Neuen wuchs über die Zeit auf einer fragilen, wenn auch wichtigen Grundlage: den Einnahmen. *Es kann nicht rundlaufen.* Vati sah durch seine Weltaugen, dass das Geld, trotz der Bemühungen, knapper wurde. *Niemand will was ausgeben. Die Angst vor der Zukunft macht die Menschen sparsam. Merk dir das, Marillchen.* Das war, glaubte man Vati, der Grund für die Krise des Landes, des ganzen Kontinents. Er sprach von einer Weltkrise, aber so groß konnte ich nicht denken. Trotz der Einnahmen, die den zugezogenen

Wörtern, Gedanken und Körpern Raum gaben, ohne sie zu beschneiden, verbesserte sich die bröckelnde Dorfsituation zu langsam, als dass man von einer Wende hätte sprechen können. Als die einen bei der Arbeit ihre Knochen bogen, dass die Haut dünn und glänzend wurde, und die anderen ihre Illusion gefährlich dehnten, weiter, weiter, weiter, dass auch diese wieder leuchtend vor ihnen lag, da, kurz vor dem Zerbrechen und Zerreißen, kam das Angebot der Klimaministerin gerade recht. *Sie hat ein Gespür für Tiefpunkte,* meinte Vati.

Vati, der lange schon Feindseligkeiten Autofahrern gegenüber beobachtet hatte, hatte nichts von der *Autofrei*-Dorfbefragung gewusst. *Die wichtigen Infos bekommt er nicht von oben.* Muttis Worte hatten kleine spitze Stacheln. Margit Ressler, Klimaministerin, war eine Frau mit dicker Hornbrille und langem blondem Haar. Vati kannte sie von früher, ein Früher, das in seinen Erzählungen so verschwommen war, dass es kein Bild ergab. Und doch zog sich dieses Früher zäh bis ins Heute, denn er telefonierte ab und zu mit der Ressler und trug ihre Hirngespinste zu Dorfversammlungen, wo er ihre Worte in ein samtiges Tuch wickelte, ein Tuch, mit dem er noch leben könne, sagte er, aber die Dörfler mussten dann ganz nah an ihn heranrücken und genau zuhören, damit sie verstanden, was er sagte. Wirklich verstanden.

Früher ja, früher, dachte er gerne laut und blies stoßartig Luft durch die kaum sichtbaren Lücken zwischen seinen Zähnen. *Dreck am Stecken* nannte das Mutti, und die Stacheln ihrer Worte hinterließen sichtbare Abdrücke auf Vatis Schläfen. *Bei manchen muss schon was passieren, bevor sie zum Gutmenschen werden.* Sanft und neckisch konnte Mutti die Worte meinen und dabei den Kopf schief legen und ihre Zähne zeigen, klein und quadratisch. Scharf und bedrohlich konnte sie die Worte meinen und dabei die Lippen aufeinanderpressen, als wollte sie sie vor dem Gesagten verstecken. Vati würde, egal, ob Muttis Worte sanft oder scharf waren, mit seinen Augen willkürliche Punkte am Boden fixieren. Er war überrascht gewesen, als die Abstimmung angekündigt wurde. Der Druck auf die Ressler war groß geworden, wegen der Klimaziele, deren Einhaltung auf der Kippe stand. Die Ressler wurde daran gemessen und entschied sich, das *Autofrei*-Konzept über das idyllischste aller Dörfer zu stülpen und größer noch, das Dorf zu einem Modelldorf, einem Vorbilddorf, einem Dorf der Zukunft, der Klimaneutralität werden zu lassen, dessen Beispiel die restliche Bevölkerung begeistert folgen sollte. Vati glaubte zu wissen, was sie vorhatte. Sie hatte nicht nur aus Werbezwecken das idyllischste Dorf des Landes gewählt, sondern das mit den meisten Heimarbeitern, Plattformangestellten, der höchsten Akademikerquote, der erfolgversprechendsten Dorf-Demografie des Landes. Das Dorf war wie gemeißelt für die Ressler'sche Vision eines Modelldorfs, ohne das ganze Land der Klimaneutralität unterjochen zu müssen. *Die Null ist das Ziel?* Mutti versuchte, die Welt der Ministerin zu verstehen. *Das Konzept wird aufgehen, keine Frage.* Vati rieb sich mit beiden Handballen die Augen, als ob seine Hände seine Augen für einen kurzen Moment ersetzen könnten. *Prämie für die Umwelt,* hieß es aus dem Ressler'schen Kabinett, das im Konvoi, Autoschnauze an Autoschnauze, angefahren kam. Sie entluden Plakate und Fahnen aus ihren schwarzen Autos. *Wer will schon weg aus dem Paradies?* oder *Ja zum Pilotprojekt Autofrei* oder *Alle für das Klima,* stand da drauf. *Ein PR-Gag. Politiker, die für sich selbst demonstrieren. Clever*, fand Vati, der mir die harte Rede der Ressler mit eckigen Silben und scharfen Kanten auf seinem Endgerät zeigte. Alle hörten zu. Es gab Sekt. Es gab Wein. Es gab Brötchen, die ich noch nie gesehen hatte. Sie waren schneeweiß, zart wie Babyhaut, mit roten Stücken, die zu Mus verarbeitet gierig in Mündern verschwanden. Durch ein altes, pfeifendes Mikrofon quetschte die Ressler ihre soprane Schwingstimme, die über den Stolz des Landes und die Suche nach Ursprung und Vorbild sprach. Die mit einem diffusen *Wir* solidarisch erpresste und *uns* zu statischen Vorbildern werden ließ. Das Bild, das passe schon, da müsse nicht viel getan werden, das könne man herzeigen und die Sehnsucht sei groß. Garantiert groß! *Wir machen uns die Welt zum Paradies!*, schrie sie und ich konnte selbst auf den Videoaufnahmen die Schnurbänderadern an ihrem Hals erkennen, wie sie sich auf beiden Seiten durch das Fleisch drückten und den Kopf, wie einen Heißluftballon, am Körper zu halten versuchten.

Und jetzt kommt's, Marillchen, die Mehrheit der Dorfmenschen hat JA angekreuzt. Glaub nicht, dass sie ihre Autos loswerden wollten. Der eigentliche Grund, warum das ganze Dorf autofrei ist, ist die Prämie. Jeder, der sein Auto hergab, also von denen, die noch eins hatten, bekam eine Prämie. Die Prämie war zwar ein Furz, so ein Furz, dass sich davon niemand wirklich etwas leisten konnte, aber auf den Furz wollte trotzdem kaum einer verzichten, weil an Geld zu kommen, na ja.

Wir saßen auf der kleinen grünen Bank vor unserem lachsrosa Haus, auf dessen knarzenden, wackligen Brettern nicht selten große und kleine Gedanken saßen. Vati suchte meinen Blick, der auf das vertrocknete Blatt gefallen war, das sich langsam von uns wegbewegte, als würde es nicht Teil unseres Gesprächs sein wollen. Zur Feier der gewonnenen *Autofrei*-Abstimmung bekam das Dorf ein weiteres Schild, das unter dem Dorfschild angebracht wurde. Das Dorfschild selbst hatte schon lange seinen Zweck verloren. Es waren in den letzten Jahren so viele Schilder dazugekommen, dass alle, die den Namen unseres Dorfes nicht kannten, davor stehen blieben und danach suchen mussten. Neben dem Dorfschild stand ein kleineres Schild mit *Bio-Dorf 2001* in Grün, links davon *Beste Luftqualität 2008* in Blau und mehrere weiße runde Schilder, die eine Kette bildeten. *Unser Dorf hat Zukunft 2006 Gold, Unser Dorf hat Zukunft 2010 Bronze, Unser Dorf hat Zukunft 2011 Silber, Unser Dorf hat Zukunft 2012 Silber* und schließlich *Unser Dorf hat Zukunft 2023 Gold.* Das *Autofrei*-Schild, das neben dem *Bio-Dorf*-Schild seinen Platz fand, zeigte einen Bergschuh, der fest im Gras stand. Das Schild und den Bergschuh sahen aber nur die wenigsten, da das Dorf, seit *Autofrei,* selten verlassen wurde. Auch ich sah es erst, als das Schild von der Witterung angegraut war und die schwarze Farbe splitterte.

Die Furz-Prämie sackte man ein, aber kaufen wollten sich davon die wenigsten was. Herbert und Susanna kauften sich noch mehr Gänse und Mutti und Vati das alte Waffenradlsoso, das gar nicht so alt war, nur so alt aussah. Sie kauften es am alljährlichen Feuerwehrflohmarkt. Das Geld, das die Feuerwehr von Vati bekam, wurde nicht ausgegeben, nur ein kleiner Teil davon wurde versoffen, ein sehr viel kleinerer Teil als sonst. *Weil alle nur sparen,* sagte Vati. *Sie sparen, bis ihr Geld nichts mehr wert ist.* Ich war stolz auf Vati, dass er es besser wusste und nicht wollte, dass wir krumme Finger bekamen.

5

Die Welt ist verkehrt, sagte Vati kopfschüttelnd, als er seine Mehlsuppe löffelte. Auf Vatis Augenlidern saß die Müdigkeit. Kleine Doppelfalten bildeten sich auf den unteren Lidern, und die Stellen, die Wangen von Mund trennen, warfen dunkle Schatten von beiden Seiten auf sein Gesicht, als wollten sie seine Nase verstecken. *Er macht sich Gedanken über alles,* erklärte mir Mutti. Tagsüber, wenn er etwas reparierte oder das Heu schlichtete, sprach er kein Wort. Selbst wenn Mutti und ich neben ihm standen und plauderten, schien er taub zu sein. Seine Augen wurden glasig und das, was dahinter lag, wanderte an einen Ort, den nur Vati kannte. Vati presste dann seine Lippen so stark aufeinander, dass sie weiß wurden und man aus der Ferne denken konnte, es gäbe sie nicht. *Vati sammelt Gedanken,* sagte Mutti. *Er sammelt sie tagsüber, wie eine Biene, und wenn es dunkel wird, kriechen sie durch seine Finger aus ihm heraus.* Abends setzte er sich in sein Arbeitszimmer und hörte Operetten auf dem Plattenspieler, während sich die Tagesgedanken in das Alphabet vor ihm drückten. Er wendete die Platte dreimal, bevor er sich den dunklen Schlaf erlaubte. Der wenige Schlaf raubte ihm sein Gesicht und er scherzte mit ernsten Augen über die verkehrte Welt, die den Menschen ihre Gesichter raubte, und Mutti und ich, wir lachten mit ernsten Augen zurück.

Für mich war die Welt wie immer. Sie hatte sich in meiner Erinnerung nicht merklich verändert. Doch für Vati und Mutti war mein Normal verkehrt. Es bildete die Kluft zwischen ihnen und mir. Gerne setzten sie sich ins Gras und sprachen von einer Zeit vor meiner Zeit, wie die meiste Zeit. *Die alte Zeit ist oft schöner als die neue, weil man sie nicht mehr haben kann.* Mutti zeigte mir ihre Fotografien. Reiseporträts, Reiseschnappschüsse, Landschaftsaufnahmen, lächelnde, fremde Gesichter. Mit dem Auto bis nach Sizilien. Mit dem Auto von New York nach Seattle. Mit dem Auto von Tokio nach Kagoshima. Sie hatte die Reisen in Fotostapeln geordnet, die sie an die Schlafzimmerwand gelehnt hatte, und jeder Türwind, jeder Fensterwind war eine Gelegenheit, die Fotos in die Hand zu nehmen. In dem Japanstapel gefiel mir Mutti am besten. Auf dem Stapelteil, auf dem ein Stück Papier klebte, auf dem handgeschrieben *Kagoshima* stand, trug Mutti auf jedem Foto einen dunkelblau gestreiften Mantel. Eine Yukata. Sie und Vati hatten in Kagoshima Wäsche waschen müssen und alles, was sie hatten, in eine große Trommel gestopft. Der Mann vom Waschsalon war auf Menschen wie sie vorbereitet, die all ihre Besitztümer für einen kurzen Moment dem Schleudergang ausliefern wollten. Wortlos schob er ihnen zwei mit Stärke gebügelte Yukatas über die Theke. In Erwartung frischer Unterhosen stapften Vati und Mutti durch die verschlafene Fischerortschaft, während die steifen Bügelfalten der Yukatas ihnen an den Ärmeln blaue Flügel verliehen.

Immer wieder schlich ich mich in Vatis und Muttis Schlafzimmer, um in die fremde Vergangenheit zu reisen. Meine Blicke verloren sich in einem Film, in dem alle lachten. *Das Wissen um die vergangene Zeit ist die Sicherheit der Menschen, dass es immer weitergeht, weißt du, Marillchen?,* hatte Vati zu mir gesagt, als er mich im Schlafzimmer erwischte, während ich mich davor drückte, aus den faulenden Äpfeln faulende Türme zu bauen, die wir in graue Kübel schichteten, um sie später im Wald auszuleeren. *Weißt du, was sich verändert hat? Dass es nicht so weitergehen kann. Dass die Gedanken an das bunte Damals wirklich nur das sein können, was sie sind: Erinnerungen. Für dich: Träumereien.* Ich wusste, hätte Mutti Vati das zu mir sagen gehört, hätte sie ihn an der Hand genommen, aus dem Schlafzimmer gezogen und die Tür hinter sich und Vati geschlossen. Die löchrige Türe hätte aber nichts daran geändert, dass ich jedes Wort gehört hätte. *Sag so was nicht! Wie kannst du ihr so was sagen? Woher willst du wissen, was passieren wird?* Meine Zukunft war für Vati und Mutti ein Thema, bei dem ihre Wirbel, ihre Haltung, ihre Bewegungen so steif wurden, dass man glauben konnte, zwei Puppen stritten sich um mein Morgen.

6

Die Schule lag auf der anderen Seite des Dorfes. Ich musste von unserem Haus, das am Waldrand stand, den kleinen Weg entlanggehen, den Vati gerne spazierte, wenn er heimlich rauchte. Dann nahm ich den Geheimweg rund ums Dorf und ein Stück gepflasterte Straße, die direkt zur Schule führte. Die Tatsache, dass unser Dorf eine Schule hatte, war Herrn Z zu verdanken. Er hatte sich nach *Autofrei* dafür eingesetzt, dass die Kinder aus dem Dorf nicht zu Fuß in das übernächste Dorf gehen mussten. Ein normaler Mann mit großen, schnellen Schritten hätte für den Schulweg eine Stunde hin und eine wieder zurück gebraucht. Kurze Kinderbeine mit Augen, die nach Umwegen Ausschau hielten, doppelt so lang.

Das Dorf war auf der einen Seite von Wald, auf der anderen Seite von Acker umgeben. Die Ackerseite war den Dorfmenschen recht. Dort fand das Kürbisfest statt. Dort traf man sich am Ackerrand. Dort tauschte man kurze, unbeschwerte Wortgruppen aus, die über die trockene Erde hinwegbröselten. Von der Waldseite aber nahm das Dorf Abstand. Die Gründe waren niemandem so richtig bekannt, doch die dunklen Schatten der Bäume lösten in den Dorfmenschen eine Angst aus, die tief aus ihren Knochen heraus kam, dort, wo die Knochen weich und wissend waren und sich weigern konnten, den Weg in den Wald zu nehmen. Unser Haus stand als Einziges so nahe am Wald, dass sich die langen Äste der Waldrandbäume sehnig über sein Dach streckten. Es war meine Aufgabe, die geregneten Blätter vom Trottoir vor unserem Haus zu kehren und sie in einer Scheibtruhe wieder zurück in den Wald zu bringen, um dort mit ihnen zu tanzen. Die Nähe zum Wald machte unser Haus und uns furchtlos. Meine Eltern hatten es aus der Verlassenschaft einer alleinstehenden Dame gekauft, die, wie Mutti und Vati, aus der Stadt ins Dorf gezogen war. Die Waldangst steckte ihr nicht in den Knochen. Lange war die Dame nach ihrem Tod noch im Haus gelegen, und erst als der Duft des Zerfalls sich durch die Türritzen, die Fensterritzen, die Holzschlitze zwängte und seinen Weg ins Dorf suchte, da wagte man sich vorsichtig ins Waldrandhaus und fand den körperlichen Überrest, dessen Verfallsgeruch sich tief ins Hausgemäuer eingefressen hatte. Die Steine unseres Hauses speicherten den Geruch des Damentodes lange. Sie trauerten der kleinen Gestalt treu hinterher.

Ich war stolz auf uns und unser Haus. Unsere Herzen und unser Gemäuer stellten sich der Dunkelheit. Anders als Hannahs Haus. Hannahs Haus war ein Binnenhaus, das von Nachbarhäusern umstellt war. Es war dottergelb und zart und gebrechlich. Anstatt einer großen Wiese mit Bäumen und Sträuchern grenzte ein kleiner bepflanzter Garten an die helle Hausseite. Dieser Teil war ausschließlich dem Anbau von Gemüse gewidmet. Jeder, der den Garten betrat, musste sich dem Gemüse zuwenden, sich bücken, sich dehnen, graben und zupfen. Jeder Atemzug sollte den Blättern und Früchten des kleinen Anbaugebiets dienen. Sobald Hannahs Mutter Hannah im Garten stehen sah, fiel ihr etwas ein, das man erledigen konnte. Sie rief ihre Anweisungen durch eines der kleinen grünen Fenster, durch die man wenig hinein-, aber viel hinausschauen konnte. *Im Gemüsegarten gibt's kein Herumstehen.* Hannah warf mir die geklauten Worte im Tonfall ihrer Mutter entgegen, als ich meinen Kopf zwischen die zackigen Tomatenblätter steckte, mit deren Früchten etwas nicht stimmte. Sie waren nicht grün oder orange oder rot, wie ich sie kannte, sondern glänzten schwarz im Sonnenlicht. *Sie sind schon gut so.* Hannah bemerkte meine Verwunderung und pflückte schadenfroh ein schwarzes Blatt eines ebenso schwarzen Strauches, das sie mir zwischen die Augen hielt. *Basilikum, auch schwarz, iss!* Hannah beobachtete mich, wie ich es mir in den Mund schob. Ich hörte ihr Lachen, als ich die Augen schloss, und als ich sie öffnete, konnte ich in ihrem Mund bis zur Glocke und zur Kurve sehen. Hannah war zu jedem Zeitpunkt ihres Lebens drei Jahre älter als ich und machte sich gerne einen Spaß aus dem Flaum meiner Entwicklung. Zur Feier der dunklen Neuigkeiten und meiner Überraschung schnitten wir die schwarzen Gartenfrüchte klein und aßen das salatäre Trauerspiel mit Essig, Öl und Butterbrot.

Später, im Waldrandhaus, erzählte ich Mutti und Vati davon, und auch wir pflanzten im Jahr darauf schwarze Tomaten, und sie trugen gut und wir freuten uns und sie trugen noch besser als gut und die Freude war immer noch da. Wir aßen in diesem Sommer so viele schwarze Tomaten, dass Vati scherzte, sie würden bald auf uns abfärben und unsere Zungen und Rachen so schwarz wie jene der verstorbenen Dame werden lassen. Gegen Ende des Sommers, als niemand mehr die schwarzen Tomaten sehen wollte und alle Scherze gemacht waren, setzten wir uns nur noch mit zusammengekniffenen Augen zu Tisch. Trotz aller Bemühungen wanderte immer wieder ein schwarzer Tomatenpunkt in unsere Augenwinkel, während wir versuchten, beim Essen die Luft anzuhalten.

7

Unsere Schule war ein Nebengebäude des Hauses von Herrn Z. Eigentlich war sie ein alter Stall, den er umgebaut hatte. Der Grund, warum Herr Z sich für die kleine Stallschule eingesetzt hatte, war niemandem so richtig bekannt. Er und seine Frau hatten keine Kinder. Obwohl es das Gerücht gab, dass seine Frau mehrmals schwanger gewesen war und Herr Z eigentlich gerne ein Kind gehabt hätte, weil er Zeit hatte und mit der vielen Zeit nichts anzufangen wusste. Warum Herr Z so viel Zeit hatte, das wusste niemand so genau. Ich aber nahm mir vor, auch so viel Zeit wie Herr Z zu haben, wenn ich keine Verpflichtungen mehr hatte, und ich war mir sicher, dass es bald so weit war. Herr Z betrachtete stundenlang den Apfelbaum im Garten oder saß auf dem Dorfplatz und wartete, dass jemand vorbeikam und mit ihm sprach. Unbeweglich und starr saß er da, als würde ihn eine unsichtbare Hand malen.

Herrn Zs Frau war eine der drei Frauen des Ältestenrates. Der Rat hieß Ältestenrat, weil das Dorf vor dem Alter Respekt zeigen sollte, selbst wenn das jüngste Mitglied des Rates noch Pausbacken hatte. Man erinnerte sich im Dorf noch gut an die Erwachsenenfeier zum achtzehnten Geburtstag des jüngsten Mitglieds, die bereits Jahre zurücklag. Die Feier war ausgelassen gewesen. Eine Glückseligkeit hatte die Dorfmenschen überschwemmt, wie es sie danach nie wieder gegeben hatte. Sogar Herbert und Vati unterhielten sich an der kleinen Dorfbar, während ihre runden Köpfe mit jedem Lachen röter und röter und irgendwann zu tanzenden Rabattmarken wurden, die über die weinnasse Theke hüpften. *Heut passiert noch was,* hatte Erika damals vorausgeschmeckt. Sie beobachtete die ungestüme Ausgelassenheit aus sicherer Ferne. Erikas Gesicht war voller Falten, die sich wie Striche eines unschlüssigen Malers quer über ihr Gesicht zogen und ihre eigentliche Mimik ignorierten. Wie alt Erika genau war, wusste niemand. Das Dorf erzählte, dass man sie, die zu früh auf die Welt gekommen war, in einen Backofen gesteckt habe, um sie zu wärmen. Der Wahrheitsgehalt der Geschichte war nebensächlich, jedenfalls hatte Erika immer ein Feuerzeug eingesteckt, das sie hervorholte, wenn sie in die Ferne schaute. Dann drehte sie gedankenlos das Reibrad, ohne Gas zu entfachen, und das war den meisten Indiz genug.

Die Vorahnung der alten Dame, die sich, wie ein Horoskop, über die Nacht legte, bewahrheitete sich. Sie traf Pierre. Pierre war betrunken und verfehlte mit seinem stets glänzenden Volvo die wenigen Meter Straße vom Dorfplatz zu seiner Wohnung und landete in Herberts und Susannas rückwärtiger Stallwand. Während Unfälle keine Seltenheit waren und man sie gerne lautlos verschwinden ließ, zog Pierres Unfall größere Kreise als alle Unfälle davor zusammengezählt. Das Dorf stand damals kurz vor der *Autofrei*-Dorfbefragung und das Ressler'sche Kabinett hetzte die Befragung über die Endgeräte in die gewünschte Richtung. Auf Befehl Resslers erklärte die älteste Frau des Ältestenrates den Kühlergrillabdruck des Volvos auf der rückwärtigen Stallwand zum Mahnmal, das ausdrücklich niemand entfernen durfte. Rot-weißes Band wurde gespannt und als klar war, dass der Unfall ein *dauerhaftes Erinnerungsmal für den Fortschritt des Dorfes und des Landes* werden sollte, musste Herbert, der sich mit aller Kraft seiner belegten

Stimmbänder zur Wehr setzte, auf der rückwärtigen Stallwand eine rot-weiße Tafel anbringen, die jeden an die Gefahren des Autofahrens und an eine vergangene Zeit erinnern sollte. Den Dorfmenschen sollte der Schandfleck, den der bröckelige Wandabdruck darstellte, erhalten bleiben und das, obwohl dem Pierre nichts passiert war und den zwei Kühen, die nachts schliefen, auch nicht, außer dass alle drei, einschließlich Pierre, einen Schreck bekommen hatten und am nächsten Morgen kaum merklich, aber doch merklich genug, weniger Milch aus den Kühen herausspritzte, sodass der Herbert, der seine beiden Kühe besser kannte als sich selbst, ahnte, dass irgendwas anders war. Er drehte eine Runde um den Hof und fand den zerknautschten Volvo ohne Pierre.

Pierre war so beduselt gewesen, dass er noch während des Aufpralls erleichtert sein Gesicht in die weiche Airbag-Wolke sinken ließ und man ihn erst fand, als der Nachbar vom Herbert am nächsten Morgen aufstand, um sich perlendes Wasser gegen die Kopfschmerzen zu holen, und dabei aus dem Küchenfenster schaute. Das Glas mit der sprudelnden Acetylsalicylsäure des Nachbarn landete auf dem Boden, als er den zerknüllten Volvo vor seinem Fenster sah, den er immer wieder verliebt angeschaut hatte, wenn dieser vor dem Feuerwehrautohaus parkte, wo der Nachbar gerne in Gesellschaft trank.

Pierre hatte neben dem Kater eine leichte Gehirnerschütterung, die fast unbemerkt im Schlaf weggegangen wäre, hätte das Hämmern des Nachbarn an der Fensterscheibe des Volvos ihn nicht geweckt. Der Unfall, so lapidar er auch gewesen sein mochte, wurde zu einem Drama hochstilisiert. Alle im Dorf sprachen darüber. Alle bis auf Vati. Der war verärgert. Er hatte schon damals verstanden, als man noch fahren durfte, dass die Hetze langsam anfing. Lange bevor Pierre sein Auto demolierte. Er hatte verstanden, dass es den Autofahrenden schlecht gehen würde und die Ressler einen Plan haben musste, den er nur erahnen konnte. Ein Indiz für Vati war, dass die Arbeiter vom Bund aufgehört hatten, den Graben neben der Straße zuzubetonieren. Ursprünglich war der Graben wegen der Glasfaserleitungen ausgehoben worden. Die Leitungen waren schon vor Jahren verlegt worden, aber der Graben war immer noch da. Er war so tief, dass man, wenn man unachtsam, nachts, Schlangenlinien fuhr, eine dunkle schwarze Schlucht wahrnahm, die jeden im Delirium erschreckte. Eine unbekannte Beschwerde über die dunkle Straßenschlucht trieb die Situation, in Vatis Augen, auf die Spitze. Der Bund schickte seine Arbeiter an den heißesten Tagen des Jahres mit der Aufgabe, glühend schwarze Masse mit einem überdimensionierten Bügeleisen, das Vati *Walze* nannte, platt aufzutragen, den Graben zuzuschütten und die Straße zu verbreitern. Als die Arbeiter begannen, beobachteten Hannah und ich sie aus der Astgabel der alten Linde. Der Vorgang des Mischens der weichen Straßenmasse, ihr scharfer Geruch und das sanfte Auftragen des heißen Steines, mit dem sie hantierten, als wäre er Zuckercreme, faszinierte und gruselte uns. Und obwohl wir uns kaum bewegten, sondern wie schlafende Affen in den Bäumen hingen, schwitzten wir von der scharf aufsteigenden Hitze des Asphalts, dass wir unsere Augen immer wieder schließen und die sich im Föhnwind kräuselnden Blätter der Linde beobachten mussten, aus Angst, unsere Augäpfel würden vom Zusehen gegrillt. Der Vorgang des Asphaltierens war für uns so fremd, dass wir vergaßen, dass tatsächlich Menschen am Werk waren, deren Pupillen sich nicht nach Belieben im umliegenden Blätterwerk verfangen konnten. So kam es, *wie es die Ressler geplant hatte,* sagte Vati später. *Straßenarbeiten im Juli sind menschenunwürdig.* Einer bekam einen Hitzschlag, sodass er sich auf den strengen Befehl Susannas in Susannas und Herberts kühles altes Haus legte. Susanna machte dem stöhnenden Arbeiter einen feuchten Umschlag, doch Hitze und Kälte waren für ihn eins und er schrie so lange, bis die Schreie das wenige Essen in seinem Magen heraufwürgten. Das Würgen trieb das Blut in den Kopf, der so rot wurde, dass man glauben konnte, die Kopfhaut hätte sich aufgelöst.

Die mütterliche Fürsorge Susannas wurde zum Problem, als Herbert das Haus betrat. Herbert hatte so wenige Gelegenheiten, eifersüchtig zu sein, dass ihm der arme Arbeiter mit seinem Hitzeschwindel gerade recht kam und er ihn blind aus dem Haus jagte. Der kochende Mann, dem noch Stücke aus Erbrochenem am Kinn klebten, lief in Schlangenlinien zur Tür hinaus und landete in Erikas Fallobstgarten. Dort, zwischen den Äpfeln, die von gierigen Wespen zerfressen wurden, die sich über die erbrochenen Reste auf dem noch kochenden Gesicht freuten, fielen dem armen Mann die Augen zu. Am nächsten Tag war er verschwunden und die Wespen waren satt.

Susannas verschwitztes, verstörtes Gesicht ließ mich nicht los. Hannah und ich waren, als wir den Herbertschrei hörten, von unserem Baumversteck zum Haus gelaufen, aus dem die Schreie kamen. Der Hitzewind, der in Wellen durch die dünnen Ziervorhänge brach, erhellte für kurze Momente die verdunkelte Szenerie. Wir sahen Susanna in der Küche hektisch vom Wasserhahn zum Tagbett laufen, auf dem das gegrillte Fleisch atmete. Hannah erzählte später, dass die Eifersucht nicht unberechtigt gewesen war. Dass den beiden ein Schrecken im Gesicht stand. Dass die Susanna und der Unbekannte auffällig verschwitzt gewesen waren. Die Dörfler glaubten ihr. Doch ich kann mich erinnern, dass auch Hannah nach dem Vorfall erschrocken aussah und sich auf ihren Wangen

Schweißrinnen bildeten und ich mir dachte, dass Hannah wie eine Erwachsene schwitzt.

Der Straßengraben war aufgrund des Vorfalles nur in Teilen zugeschüttet worden und weiter sollte es auch nicht kommen. Der Grund, warum die Arbeiter letztlich aufgehört hatten, war keineswegs der Hitzeschlagvorfall gewesen, wie es die Frauen des Ältestenrates dem Dorf darlegten. Vati wusste es besser. Rund um das Dorf wurden die Straßenerhaltungsmaßnahmen ausgesetzt. *Der Bund spart an Infrastruktur,* noch bevor alle wussten warum. Schlaglöcher wurden nicht ausgebessert, Überreste von totem Tier und Teile von zertrümmerten Autos lagen von einem Tag auf den anderen am Straßenrand, als hätte sie jemand über Nacht dort verteilt. Wer mit dem Auto fuhr, der musste keine Chronik mehr lesen. Auch das *Mahnmal des Pierre* fügte sich in die neue Unfallästhetik, wie sie Ressler-kritische Medien in Vatis Endgeräten nannten. *Das kann passieren, wenn man Auto fährt.* Erwachsene Dörfler erzählten ihren Kindern halbdunkle Fantasiegeschichten, während sie am Mahnmal vorbeigingen. Große Augen blieben an der rückwärtigen Stallwand hängen und drehten die Köpfe der vorbeilaufenden Körper in Ehrfurcht. Bald erzählte jeder im Dorf eine andere Geschichte über den dunklen Fleck auf der grauen Wand. Die Geschichten um Pierre, den betrunkenen Rowdy, den Exil-Franzosen aus Bordeaux, den starrköpfigen Betrüger, dessen einziger Ausweg die Stallwand war, sie waren der Höhepunkt an Fantasie, die die Dörfler aufbringen mochten. Die Ressler hatte gute Vorarbeit geleistet.

8

Herr Z, der seit *Autofrei* unser Dorflehrer war, versuchte, die kleinen, gurgelnden Schreie, die ihm den Rachen heraufkrochen, mühevoll hinunterzuschlucken. Lauernd blieben sie aber an seinem Adamsapfel hängen und brachen die Worte der Lehrergestalt in unachtsamen Momenten entzwei. Wie Herrn Zs Worte, so waren auch seine Wangen gespalten. Zwei längliche, senkrecht verlaufende Falten in ihrer Mitte teilten sein Gesicht in vier Teile. Ohr und äußere Wange links, innere Wange und linker Nasenflügel, innere Wange und rechter Nasenflügel, äußere Wange rechts und anderes Ohr. Das Leben, wie es sich auftat, hatte Herrn Z zerfurcht, und die schreienden, ungestümen Erstklässler gruben sich schadenfroh tiefer in die dunklen Wangenstellen wie in eine Sandgrube.

Bei den kleinen wirren Gestalten musste man bitterlich von vorne anfangen und beginnen, sie so sanft zu zügeln, dass sie es nicht merkten. Herr Z hatte weder genügend Erfahrung noch ausreichend Ideen. Nachmittags kam meist der Punkt, an dem der Adamsapfel des Lehrers merklich zu zittern begann. So sehr, dass dieser das Zimmer verlassen musste und allen, die über die vierte Klasse hinausgewachsen waren, auftrug, die Jüngsten zu bewachen. Ich hatte wenig Interesse daran. Genauso wenig wie alle anderen in meinem Alter, aber ich tat es für den vierköpfigen Herrn Z. Hannah ignorierte die flehenden Blicke des Lehrers. Sie war mit ihrem Endgerät verschweißt. Der Kinderlärm störte sie nicht. Sie war taub und stumm, wenn sie nach Glücksgefühlen auf der glatten Oberfläche suchte.

In meinen Ohren vermischten sich die gequetschten Schreie der Kinder zu einem einzigen schrillen Ton, der nach der Krankheit meiner Großmutter klang. Meine Großmutter hatte Kinder im Ohr gehabt, erzählte Mutti. Sie versuchte dagegen anzusummen und das tat ich auch. Hielt sie den Tinnitus nicht aus, begann sie zu schreien, ganz tief aus sich heraus. Dann konnte man alles sehen, was in ihrem Hals beim Schreien passierte. *Wer Tinnitus hat, ist nie allein.* Das erzählte Mutti im Scherz und ich wünschte ihn mir später im Ernst.

Ich war häufig allein, nachdem Hannah und ich unsere Freundschaft aufgelöst hatten. Die Auflösung war so förmlich wie das Wort Auflösung selbst. Ich war, wie immer, über den Gartenzaun des kleinen Prachtgartens von Hannahs Mutter gestiegen. Es lohnte sich, bei jedem Hannah-Besuch einen Gartenumweg zu machen und die farbigen Schätze zu entdecken, die Hannahs Mutter freudig ernten würde. Während die spazierenden Beine durch sanftes Streifen oder kratzendes Schürfen vom Blattwerk kommentiert wurden, konnte man zwischen dem Grün die eigentlichen Schätze leuchten sehen. Dort hingen Tomaten, über die jemand ein schwarzes Ei geschlagen und sie anschließend poliert hatte, oder gelbe Früchte mit großen Poren, die sich, wie zum Sterben verurteilte Kraken, dem Vorbeistreifenden Hilfe suchend entgegenstreckten. Dort rollten kleine grüne Beeren in den Gartenweg, die man in süßer Erwartung erst im Mund als Gurke wiedererkennen konnte, oder man lief in die Fänge eines grünen langen Greifarms, der eingesalzen mit Dill besonders knackig blieb und gerade im Winter köstlich schmeckte.

Während meines kulinarischen Streifzugs beobachtete Hannah mich, als wollte sie loslaufen und ihre Hörner in meinen Bauch stoßen, der sich wenige Sekunden zuvor an ein paar fleischigen Himbeeren erfreut hatte. Sie hielt ihre Arme vor der Brust verkreuzt. Eines ihrer Beine streckte sie, so weit es ging, von sich, wie um ihre Körperfläche zu vergrößern. Wir waren Menschen, aber auch Tiere. Hannah war, wie die Früchte im Garten, schnell über ihre Kindheit hinausgewachsen. Ihr Äußeres gaukelte der Welt vor, es könnte Rechnungen bezahlen und sich ernsthafte Sorgen machen, während ich keine Scheu hatte, Schmetterlingen hinterherzujagen. Ihre ungelenke Haltung und ihr fahriger Blick ließen nur eine dünne Schicht Kind übrig, auf der kein Platz für Freundschaft mehr war. Hannah hatte sich neue Freunde gesucht, die mit mir, Kind, wenig gemein hatten. Sie wollte niemanden als Freundin, die so aussah, wie sie sich fühlte. Hannah war eine Frau geworden und hatte sich ihresgleichen gesucht, das sich die Haare entfernte, das sein Gesicht mit Farbe bemalte, das heimlich rauchte und sein Endgerät stundenlang streichelte, was mir Vati fast gänzlich verbot. In mir krümmte sich ein Punkt so groß wie eine Pflaume und blieb lange Zeit da, sodass ich ihn zwischen den Hüftknochen herumdrücken konnte, doch niemals drückte ich ihn zum Herz. Ich wollte keinen Streit. Es gab zu viele Leerzeilen zwischen ihr und mir, als dass unsere Sätze einen Zusammenhang ergäben. Ich erinnerte mich, dass Hannah einen Stachel in sich trug, der einen stechen konnte, sodass man sich ein paar Tage vor lauter Schmerzen in sich hineinverkriechen wollte. Ich wollte ihr sagen, dass wir uns *auseinandergelebt hatten*. Das sagte man so in Filmen, die mir erlaubt waren, aber als ich es ausgesprochen hatte, bemerkte ich, wie fremd sich das Wort in dem kleinen Dorf anhörte. So wunderlich erschien es mir, dass ich mir sicher war, die Erste zu sein, die es jemals zwischen die alten Mauern des Dorfes geworfen hatte. Der Gedanke erfüllte mich mit einem Gefühl, das besonders war. Als ich meinen Satz mitteilte, holte Hannah so tief Luft, dass ihr Oberkörper größer und größer wurde. Trotz des Atmens entkam ihr kein Buchstabe. Ich wartete eine Zeitspanne, die mein kurzes Kinderleben als respektvoll empfand. Ich hörte die Blätter um mich wachsen. Ich hatte Angst, Hannah könnte mich stechen. Ich kannte sie, aber auch nicht, wie das so ist, wenn sich jemand entschließt, jemand anders zu werden, das alte Selbst aber noch in Teilen an einem hängt. Hannah blieb stumm. Ihr Blick bohrte sich starr durch mich hindurch. Ich drehte mich im Garten. Die Blätter atmeten mir kühl in die Waden und Hannah war aus Metall. Ich hüpfte wieder über den Gartenzaun, obwohl ich aus der Gartentür hätte gehen können, aber ich war noch die Alte.

9

Das Dorf wurde immer voller mit Menschen. Sie standen in Gruppen zusammen und rannten über die Dorfstraßen, saßen am Dorfplatz oder tranken in den kleinen Hinterhöfen sauren Most und lachten. Es war so voll geworden, dass man zufällig in jemanden hineinlaufen konnte, wenn man nicht aufpasste. Nicht jeder mochte den Zufall, der einen ungefragt in sich verwickelte und mit einem Wortschwall davonspülen konnte. Von den Redseligen im Dorf, deren Anzahl erheblich zugenommen hatte, wurde der Zufall herausgefordert. Sie spazierten mit wachen, suchenden Augen in Schlangenlinien über den Dorfplatz, in der Hoffnung, ihre eigenen aufgestauten Sätze und Gedanken loszuwerden. Um ihre Chancen zu erhöhen, jemanden anzutreffen, verlangsamten sie ihre Schritte, öffneten gebückt ihre Schnürsenkel, blieben im Gehen abrupt stehen und legten den Kopf in den Nacken, als hätten sie Außergewöhnliches gesehen, für das es sich lohnte, starr die Wolken zu beobachten. Fiel ihr Blick auf ein Gesicht, so fixierten sie es und liefen darauf zu, bis das Gesicht den Atem anhielt, um dem Redeschwall des Gegenübers Raum zu geben.

Auch ich überließ vieles dem Zufall. Jeder Plan schien mir eine Zeitverschwendung in der herbeigeredeten Ungewissheit. Vati, im Gegensatz, brauchte die geplante Verbindlichkeit, die er in Sätzen auf seinem Endgerät suchte und stundenlang las, und goss seine Schlussfolgerungen nachts in weiße Bildschirme. Manches Mal las ich das Geschriebene, das er auf sein Korkbrett heftete, in das ich meine Fingernägel gerne bohrte. *Krisen führen den Wandel herbei,* hing dort. Eine Aneinanderreihung von fremden Wörtern. Die Annahme, dass wir in einer Krise lebten, war schwer zu verstehen. Die Menschen im Dorf lachten und aßen und tranken und Vati goss sonntags geschmolzene Kochschokolade, die er mit Butter erhitzte, über Vanilleeis in glitzernde Eisbecher aus Kristallglas. Meine Fragen und mein Interesse an Vatis Reißbrettgedanken ließen ihn lächeln und er flüsterte mir die Antworten ins Ohr, wo sie mich kitzelten. Vatis Flüstern war ein Versteckspiel. Mutti wollte nicht, dass er seine Thesen in meinem Kopf ausbreitete. Sie hatte Angst, die kritischen Gedanken zu Ressler und dem Wandel und der Krise könnten durch meinen Mund in die falschen Ohren der falschen Dorfmenschen getragen werden, die nicht nachfragen mussten, um zu wissen, woher sie kamen.

10

Die Schule, in die ich vor *Autofrei* gegangen war, war zu weit weg, als dass ich sie zu Fuß besuchen konnte. Ich sollte zwar meinen Abschluss dort machen, doch dabei würde ich in Herrn Zs Schulstallanbauzimmer mit den Kindern des Dorfes sitzen und über ein Endgerät mit meinen Lehrenden kommunizieren. Herr Z würde hinter uns vorbeistreifen, *so so* aus einem seiner Köpfe murmeln und sich zwischen den Verzweiflungsschüben freuen, dass das *SchulSchul-Konzept* funktionierte. Herr Z wollte uns mit seinem Schulstallanbau einen Alltag schenken. Wo anderswo Bildung nach Papier und nassen Schwämmen roch, roch sie für uns nach Moder und Kühen. Besonders im Sommer, wenn die Sonne sich tiefer ins Dach grub, erhitzte sich der Modergeruch und ein süßer Duft drängte sich in unsere müden Nasen und drückte auf die Lider. Der Schulalltag versammelte uns im kleinen Anbau und wir saßen, jeder für sich über sein Endgerät gebeugt, in den jeweiligen Fächern, in den jeweiligen Klassen, in den jeweiligen Schulen, Ellbogen an Ellbogen mit Kindern aus anderen Fächern, Klassen und Schulen. Herr Z übernahm jene Fächer, die handwerkliches oder körperliches Geschick benötigten, und unterrichtete uns darin alle gemeinsam. Im Fach der Bildnerischen Erziehung lächelten mindestens zwei der vier Gesichter des Herrn Z. Er genoss es, wenn wir ihm zusahen, wie er Farbkombinationen auswählte und diese auf Leinwände auftrug, die er als abstrakte Malerei bezeichnete. Kleine, schnurgerade Kinderkomplimente brachten Herrn Zs

Köpfe für Tage zum Leuchten, und waren wir weder müde noch unterzuckert, dann bewarfen wir ihn mit zuckersüßen Kinderkomplimenten, Schmetterlingen und Blumen.

Des Lehrers weiche Herzbewegungen, die abstrakte Linien formten, waren im Fach Leibesübungen wie weggewischt. In dieser Stunde ließ er keine Luft zwischen seinen Bewegungen und arbeitete knirschend Kästchen des Lehrplans ab, deren Linien so scharf waren, dass wir Angst hatten, Herr Z könnte sich verletzen. Herrn Zs Körper war verkümmert und als Leib nicht mehr zu erkennen. Sein krummer Rücken konnte nicht geradegebogen werden und die Blicke der Schüler beschwerten den angespannten Herrn Lehrer zusätzlich, dass wir sicher waren, er würde irgendwann unter Gelächter vor den schwer gewordenen Blicken zusammenbrechen. Trotz der Demütigung, die er in Jogginghosen empfand, mühte er sich ab. Einmal, da spannte er eine *Richtschnur* durch seinen Garten. Wir sollten an ihr entlang um die Wette laufen. Herr Z hielt dabei sein Endgerät in der Hand und stoppte die Zeit. Gleichaltrige mit maximal einem Jahr Altersunterschied mussten gegeneinander antreten. Die Richtschnur war weniger eine Schnur als mehr ein Faden, der zwar rot, aber nicht unübersehbar war, und das Auge musste konzentriert daran entlanghüpfen, um nicht die Laufstrecke im hohen Gras zu verlieren. Wir alle liefen, Bein an Bein, mit vollen Lungen. Herr Z applaudierte und lachte mit uns und *nächste Woche, da wird einer besser als der andere sein.* Wir freuten uns mit Herrn Z, mehr als über die kümmerliche Turnstunde.

Doch die Ausgelassenheit des Lehrers nach der gelungenen Schulstunde war wenige Stunden später schon verschwunden.

Herr Z hatte vergessen, seiner Frau von der Richtschnur zu erzählen, die das nicht wissende Auge zwischen den blühenden

Gräsern nicht sehen konnte. Seine Frau telefonierte und trug ein langes Kleid, das ihren schnellen Schritt hastig umwehte, als sie den Hof überquerte. Wie in einem losen Spinnennetz verfing sie sich im Faden und zerstückelte mit ihren Armen die Luft, bis sie vornüberkippte und von einem gurgelnden Ton begleitet zu Boden fiel. Als ihr Körper auf dem Gras aufkam, spießte ein von Herrn Z platzierter Holzspan ihr linkes Auge auf. Die Späne sollten den Herrn Lehrer eigentlich daran erinnern, Zwischenzeiten zu messen, die er den Läufern entgegenschreien wollte. Da sich die Späne jedoch kaum vom Gras abhoben und sich das Messen der Zwischenzeiten als unverhältnismäßige Anstrengung herausstellte, verwarf Herr Z die Späne und die Zwischenzeitmessung. Während er den Gedanken verwarf, schleifte er die Erinnerung, die Holzspäne wieder zu entfernen, mit in die Gedankenlosigkeit.

An dem Auge seiner Frau war wenig zu machen. *Sie hat Glück gehabt,* teilte uns Herr Z mit, als er seinen steif gewordenen Körper Tage später vor uns im Stallzimmer so gut es ging aufrichtete wie einen krummen Pfahl und bitterlich gerührt auf unsere Fragen antwortete, während seine vier Gesichter mit vier Tränen kämpften. Womit seine Frau Glück gehabt hatte, das vergaß er uns zu erzählen, so ergriffen war er. Niemand im ganzen Dorf, außer uns, erkundigte sich nach dem Zustand seiner Gattin. Was nicht daran lag, dass man sie nicht mochte oder dass man ihr einen Span ins Auge wünschte. Es gab in diesem Moment Wichtigeres als eine halb erblindete Dorfpolitikerin. Zum ersten Mal seit *Autofrei* war der Notfallwagen ausgefahren. Schleichend war er in den begrünten Innenhof gerollt und hatte uns erschreckt, als wir das Holzspanauge fixierten. Niemand hatte den Wagen zuvor gesehen und doch wusste jeder, dass es ihn gab. Ein paar junge Schüler heulten laut auf. Sie sprangen auf, als sie das Auto sahen, es war für viele das Erste seiner Art, das sie zu Gesicht bekamen. Der Unfall löste Spekulationen unter den Dörflern über den Notfallwagen aus, die sich mit den Antworten von uns Schülern und dem Kloanen nicht zufriedengaben. Größe, Pferdestärken, Baujahr und Zylinder waren Fragen, die den Dörflern in den Kopf kamen, als hätte jemand eine Tür zu einer Welt geöffnet, die längst vergessen war. Das Fahrgeräusch wurde in Oktaven zerlegt und auf die Beschaffenheit des Motors geschlossen und alte, vergilbte *Auto Revues* wurden um den Dorfbrunnen gereicht. Niemand hatte einen Kopf für das verletzte Auge. Herr Z äußerte sich nicht zu den Gerüchten über den Wagen, aus Respekt gegenüber seiner Frau, die ihm verbat, darüber zu sprechen.

Die Einschätzung von uns Schülern, die wir als Gruppe wahrgenommen wurden, nahm man nicht ernst, nachdem unsere Glaubwürdigkeit gesunken war, als Peter, der Sohn von Susanna und Herbert, den Notfallwagen als fliegenden Transporter beschrieb, während die drei kleinen Köpfe hinter Peter bejahend nickten.

So blieb den Dörflern in ihrer Neugier nur noch der Kloane, der nicht klein war, aber so hieß, weil sein Vater auch Hans geheißen hatte und man den bereits Hansi gerufen hatte, weil der Großvater und so weiter. Der Kloane bekam Gänsehaut, als er das gleichmäßige Knacken im Nachbarhof hörte, das ihn an schwere rollende Reifen auf Kieselsteinen erinnerte. Ein Geräusch, das für ihn wie das Rauschen eines Baches für andere war. Die Gänsehaut des Kloanen sprenkelte seine gebräunte Haut wie Wasserperlen. Haare besaß er keine mehr, seit er die wärmende Entspannungsquelle im Keller seiner Nachbarin entdeckt hatte, in der er häufig über das mahnende Endzeitpiepen hinwegschlief. Des Kloanen Nachbarin war Irmis Mutti. Irmi selbst war eine ängstliche Sechsjährige mit rotem Flammenkopf und vorwurfsvollem Blick, den die meisten mieden. Im Schulstallanbau musste sie in der ersten Reihe sitzen, sodass der Lehrer die dunklen Augenringe und blassblauen stechenden Pupillen ertragen musste. Seit Irmis Mutti die bräunende Sonne im Keller verstaut hatte, ging der Kloane regelmäßig zu ihr. Er klopfte dreimal ans Küchenfenster, damit Irmis Mutti wusste, dass das Solarium im Keller belegt war. Dann nahm er sich den Schlüssel aus dem Gartenhandschuh im grünen Plastikkübel neben der Kellertür und legte sich in der feuchten Dunkelheit zwischen die Marmeladengläser in seine Lieblingssonne.

Irmis Mutti hatte ihre Sonne am dunkelsten Ort in ihrem Haus versteckt. Ihre Eitelkeit, die sich nicht mit dem Klimanarrativ vereinbaren ließ, kehrte sie zwanghaft in den Keller ihres Hauses. Der Kloane war aufgeregt gewesen, als er den braunen großen Quader vom Boten entgegennahm, das dieser damals, vor *Autofrei*, in einem großen Lieferwagen herankarrte, sodass es am Kloanen, wach wie er war, nicht unbemerkt vorüberging. Auf dem Karton, den der tropfende, salzige Bote der Mutter von der Irmi vor die Tür stellte, stand *megasun*. Umrisse von Menschenkörpern in Kartonfarbe waren darauf gedruckt und der Kloane tat vor lauter Aufregung so, als könnte er schreiben, und setzte eine Signatur auf das Annahmeformular, die der Bote so noch nie gesehen hatte. Irmis Mutti goss summend Brennnesselsud auf das Rübenfeld, das nicht wollte wie sie, und hörte das Klingeln des Boten nicht. Als sie entdeckte, dass der Kloane die *megasun* entgegengenommen hatte, weil er grinsend auf den Gesichtern der kartonbeigen Menschen saß, da kletterten ihr die roten Flecken am Hals entlang bis in die Ohren, wo sie tanzend ein Rauschen verursachten, dass sie schwindlig wurde. Der Kloane nutzte seine Chance. Er würde niemandem davon erzählen, solange er unter die Sonne durfte. Grillen, grillen, grillen und die Mutter von der Irmi röchelte. Irgendwann waren nur noch Hauttaschen gefüllt mit Knochen vom Kloanen übrig. Der sehnige Körper war in der *megasun* verdampft. Irmis Mutti benutzte die Sonne keinmal. Täglich hörte sie das Knochenklopfen am Küchenfenster, und die Angst, selbst in der *megasun* zu verdampfen, war zu groß.

Die Gänsehautperlen an jenem Tag des Unfalls, die das Reifengeräusch verursachten, trieben den Kloanen aus seiner Bastlerwerkstatt in den Hof vom Herrn Z. Mit Autos kannte er sich aus. Als es noch Autos gab, war der Kloane Mechaniker gewesen. Jetzt war er Bastler. Was genau er bastelte, wusste niemand. Er war der Einzige, dem man mit seiner Autobeschreibung glauben hätte können, weil er sich auskannte mit Getrieben und Reifen und Ölen und Motorengeräuschen und Modellen. Doch selbst auf ihn war kein Verlass. Worte waren ihm fremd. Er schien meistens zwar interessiert zuzuhören und manches zu verstehen, doch steckte er seine Antworten wie Schrauben auf fremde Muttern in der Unordnung seiner ölverschmierten Werkstatt so gewaltsam zusammen, dass seine Sätze einem sinnlos durch die Gehörgänge klackerten. Die Worte des Kloanen, die er sich zum Notfallwagen dürftig zusammensuchte, waren noch schwerer zu verstehen, da die Aufregung sich pelzig und lähmend auf die trockene Zunge legte und wie ein Festtagsgewand seine Töne dumpf werden ließ, als wäre der Kloane weit, weit weg. Die Gerüchte um den Notfallwagen stapelten sich aufgrund der mangelnden Auskünfte über die Dächer hinweg, dass alle nur noch auf den nächsten Unfall warteten.

Wir Schüler konnten den brutalen Vorfall, den wir durch die Schulstallfenster beobachtet hatten, schnell verdauen. Niemand trug einen nachweisbaren Schaden davon, bis auf die kleine Irmi, die ihr Leben lang Eis am Stiel verweigerte.

11

Ich kann sie noch hören, die Geräusche der Bohnenernte. Grüne spitze Bohnenenden landeten in der großen Holzschüssel zu Muttis Füßen. Sie nahm die Bohnenstängel aus dem Weidenkorb und schnitt auf beiden Seiten die spitzen Enden ab. Mit einem kurzen *Tak Tak* ergaben sie sich wehrlos in der Schüssel. Mutti schnaufte. Sie schnaufte, wenn sie sich konzentrierte. Schnell konnte man denken, die Arbeit sei ihr zu schwer oder sie würde lieber etwas anderes machen. Mutti aber schnaufte aus einem anderen Grund. Manches Mal pfiff auch eines ihrer Nasenlöcher im Takt ihres Atems. Es fiel ihr nicht auf, wenn man sie nicht darauf ansprach. Vati sagte, sie schneide die Bohnen mit allem, was sie habe. Sie war vertieft in den Rhythmus des Schneidens, in den sich ihre Gedanken woben. Das Schnaufen zog sich durch alle Tätigkeiten, wenn sie sich einer Sache hingab. Beim Arbeiten und auch sonst sprach Mutti wenig. Sie war froh um ihre Ruhe, sagte sie. Sie genoss es, wenn niemand etwas von ihr wollte. Mit Fremden war das nicht so einfach. *Da muss man sprechen, sich unterhalten.* Das wäre sonst unhöflich. Sie war gut darin zu verstecken, dass sie sich unwohl fühlte, während sie lose Gedankenfetzen zu etwas zusammenfügte, was Menschen zum Lachen bringen konnte. Menschen hörten ihr gerne zu. Sie hatte *Ausstrahlung*, sagte Vati. Er verwendete immer dieses Wort, um Mutti zu beschreiben. Ich selbst habe sie nie gesehen, die Ausstrahlung, aber ich glaubte fest daran. So fest, dass ich früher alte Fotos klaute, um Mutti ihre Ausstrahlung aufzumalen, damit ich sie sehen konnte, wie Vati sie sah. In allen Farben meines Buntstiftkastens malte ich sie, weit schöner als all die Ausstrahlungen an den Leinwänden vergangener Maler. Mutti hatte eine blaue, eine rosa, eine gemischte, also bunte, und eine grüne Ausstrahlung. Es dauerte lange, bis die Ausstrahlung sich von meinem Buntstift auf die Fotofolie übertrug, die man erst anrauen musste und fest mit dem Stift auf die Folie drücken und dabei aufpassen, dass die Ausstrahlung das Foto nicht zerriss. Als Vati mich entdeckte, während ich die alten Fotos bemalte, konnte ich ihm die Wut von den hektischen Fingern ablesen, die mir meine Kunstwerke nahmen.

Vati hing an *früher* und baumelte daran durch später. Wenn er morgens in den Spiegel schaute und der Mann, der zurückschaute, so wenig *früher* im Gesicht hatte, dass er es im Vergrößerungsspiegel zwischen den Augenlidern zu suchen begann oder mit Wattestäbchen im Ohr nach dem *Früher* stocherte, es sich aber nicht, wie erhofft, als langer Faden aus seinen Gehörgängen ziehen ließ, da wurde es ihm wieder und wieder bewusst. Es war nicht zurückzuholen.

Tage später legte Vati Kopien der Bilder von Mutti auf meinen kleinen Schreibtisch. *Jetzt ist es einfacher. Jetzt kannst du ihr Flügel malen.*

12

Die Zeit der Ernte, wenn die Sonne ihre Früchte mit Zucker aufheizte und die dünnen farbigen Gemüsehäute bis zum Zerplatzen spannte, war so voller Strahlen, dass diese die Erde löcherten und nachts, wenn die Sonne verschwunden war, das Licht durch die Löcher zurückstrahlte. Die Spätsommerzeit erheiterte die leuchtenden Gesichter. Auf ihnen bildeten sich neue Falten, die sie im Winter an ihr Glück erinnern würden. Es war in einem Sommer wie diesem, als das Glück sich in die Falten legen wollte, doch kein Zuhause fand. Der Ernst wuchs dumpf und glatt aus den Köpfen der Menschen heraus und legte eine dicke Schicht über die Dörfler, die sie stumm werden ließ, so stumm, dass man nur noch das Scharren, Kratzen und Hacken hören konnte, das den Früchten ihr todgeweihtes Leben nehmen würde. Die Ministerin hatte sich zu Wort gemeldet und das Dorf an ihre Vision eines klimaneutralen Modelldorfs erinnert, das alle Dörfler mit dem Erhalt der Prämie halbwissentlich unterschrieben hatten. Was *klimaneutral* für die Ministerin und das Dorf bedeuten würde, wusste niemand. Dass die Ressler an Oberwasser verloren hatte, das wusste Vati, und dass der Druck auf Ressler Druck auf das Modelldorf bedeutete, das wusste er auch.

Es würde keine Prämie mehr geben. Ab jetzt gab es nur noch Verordnungen. So beschnitt die Ressler in diesem schönsten, buntesten Sommer nach und nach mit ihren Verordnungen das Leben der Dörfler, die dieses kleiner und kleiner machten.

Das Ausmaß ist nicht abzusehen. Vatis Kopf hing von seinen Schultern wie ein Fadenstück, das durch die letzte Faser gehalten wurde. Per Endgerät verkündete die Ministerin feierlich ihre Pläne. Die Elternfiguren hatten aufgehört zu atmen, wie um ihre Menschlichkeit zu verstecken. Die Ressler hielt eine Banane in die Kamera. *Jeder von uns verspeist statistisch zwölf Komma fünf Kilogramm hiervon jedes Jahr. Eine einzelne Banane ist für den Ausstoß von siebzig Gramm Kohlenstoffdioxid verantwortlich. Das sind siebenhundert Gramm pro Kilo und acht Komma fünfundsiebzig Kilo pro Kopf pro Jahr! Nur für B-A-N-A-N-E-N.* Das letzte Wort schrie die Ministerin wie eine Kampfansage ins Mikrofon, dass die Lautsprecher angestrengt an ihr Gehäuse stießen, was der Ressler einen maschinellen Klang gab. *Das muss aufhören!* Die Augen der sehnigen blonden Frau sprangen durch ihre Hornbrille und das von fettigen Fingerabdrücken übersäte Endgerät glühte in unserem Wohnzimmer. Sie fixierte willkürlich Mutti, dann Vati, ohne dabei zu blinzeln. Theatralisch ließ die Ressler die Banane aus dem Bild fallen. *Klimaneutral heißt: Alle müssen mitmachen. Klimaneutral heißt: Jeder ist verantwortlich. Wir werden versuchen, mit allem, was wir tun und was in unserer Möglichkeit steht, einen Ausgleich zu schaffen und unseren Ausstoß so weit zu reduzieren, dass unsere Zukunft und vor allem die Zukunft unserer Kinder gesichert bleibt. Gesichert wird.* Kurze Pause. Ressler atmete. Sie war ein Kopf und ein Hals. Besonders dünn, mit vielen Gruben und Schatten an ungewohnten Stellen. *Es ist ganz einfach. Wir müssen heute handeln, um morgen zu leben! Handeln, um zu leben! Handeln, um zu leben! Heute für Morgen! Das Dorf ist die Hoffnung für unser Land!* Ich sah, wie Mutti zuckte, als die Ressler abschließend in die Linse lächelte und sich in ihrer Brille der Lichtring der Kamera spiegelte und die Ränder ihrer Iris zu glühen begannen. Vati sagte, die Ressler ist bald weg vom

Fenster. Das wäre das Ende vom Anfang, sagte er noch, und als ich ihn anschaute, hatte er dieselben Schatten im Gesicht, an den falschen Stellen.

13

Wir hatten uns die kleine Welt groß geredet. Unsere Köpfe liebten die Erzählungen von der unbekannten Ferne, die wir uns aus den Mündern zogen und wie Fantasiekarten tauschten. Als Hannah mich und ich Hannah gekündigt hatte, bemühte ich mich nicht, neue Freunde zu finden. Es schien, als ob alle, die als Freunde infrage kämen, in Hannahs Welt lebten, in der sich meine lächelnden Mundwinkel zitternd entlarvten. Die Gespräche mit ihr fehlten mir, doch irgendwann war selbst die Zwetschke in meinem Bauch verschwunden und hinterließ einen kleinen, leeren Raum, in dem meine Gedanken zähe Kreise zogen. Aus Mangel an Unterhaltung begann ich die Gespräche der Dörfler zu belauschen. Ich war zwar gewachsen, dennoch war ich immer noch kleiner als Hannah und dünner als die meisten. Ich war leicht zu übersehen. Meine Unscheinbarkeit war mein Ticket in fremde Realitäten. Die Dörfler lebten jeder in seiner eigenen kleinen Welt, die an manchen Stellen so verschnürt war, dass viele von ihnen flach atmeten.

Aus Bequemlichkeit begann ich meine Lauschabenteuer in Hannahs Haus. Ich kannte das Haus, seine Stufen, Balken, Türen selbst im Dunklen gut. Ich wusste, wie man am ehesten ungesehen hineinkam. Erst musste man durch den Keller, die anschließenden Stufen hinaufschleichen. Das vierte und das siebte knarzende Stufenbrett musste man überspringen. Der beste Platz für ein Versteck war jener unter der hölzernen

Kücheneckbank. Dorthin konnte man jedoch nur schleichen, wenn niemand den Flur entlangging und die Küche leer war. Unter der Eckbank war man kaum sichtbar, besetzte jedoch einen zentralen Belauschungspunkt.

Hannah war bei meinem ersten Besuch nicht zu Hause und ich hatte vergessen, dass ein Mensch, der glaubte allein zu sein, die Wörter einzig in seinem Kopf kreisen ließ und diese in sich verschloss und mir nicht zeigte. Hannahs Mutter kam in die Küche, rührte in einem Topf ohne Deckel, dessen Inhalt nach süßen Zwiebeln und Essig roch. Aus Hannahs Mutters Händen sprossen die schönsten Gerichte des Dorfes. Ihre Zwiebelsuppen, gekochten Artischocken, gefüllten Zucchiniblüten wurden von Zungen im ganzen Dorf gefeiert. Dampfend legten sich die Gerichte über die Grube, die der Verlust ihres Mannes auftat. Eifrig füllten sie den Teil ihres roten Herzens mit Gegartem, Geschmortem, Gebratenem, den er mit sich genommen hatte.

Hannah erinnerte sich nicht an ihren Vater. Sie hatte nur die Worte ihrer Mutter, die Geschehenes wieder und wieder in kleinen dünnen Bildern in Hannahs Kopf steckte, bis Hannah die Erzählungen als Erinnerungen in sich verwahren konnte. Die wenige Zeit, die Hannahs Vater mit ihr verbracht hatte, füllte ihn mit Farben, die das Rot in seinen Wangen zurückbrachten und seine Pupillen tiefschwarz werden ließen. Hannahs erstes Lachen war ihm durch alle Adern gefahren und hatte seine Gliedmaßen tanzen lassen. Er hatte seine Tochter einen Tag nach ihrer Geburt in eine Windel gewickelt und sie schwingend durchs Dorf getragen. Hannah fing an zu schreien, wie es Babys machen, wenn sie überfordert sind. Man muss sich das vorstellen, wenn man noch nie jemanden, egal wen, gesehen hat und auf einmal sieht man ganz viele, das ist sicher nicht leicht. Hannahs Mutter erzählte ihr, dass dieser Tag der glücklichste seines Lebens gewesen war. Dass er gestrahlt hatte, tief aus sich heraus. Dass seine Augen glasig wurden, weil er in sich drin war und man wie durch Fensterscheiben in ihn hineinschauen konnte. Er wollte nichts verstecken. Von diesem Tag erzählte Hannahs Mutter Hannah wieder, wieder und wieder. Der Gedanke erlöste ihre schwere Brust. Nie sprach sie vom Tag danach, an dem sich ihr Mann einen kalten Stein an die Fessel gebunden und sich nachts, bei Minusgraden, in den Fischteich geschleift hatte. Obwohl sie keine Laute dafür fand, wussten die Dörfler, dass es so gewesen war, weil man es sich so erzählte. Die Dörfler waren zwar gut darin, Geschichten bis in die brutale Unwahrheit zu verzerren, bei Selbstmorden wollte aber niemand dichten. Die Tragödie war zu groß. Es gab dann aber doch viele Spekulationen um das *Warum*, die brutaler nicht hätten sein können. *Man kann in die Menschen nicht aus der Ferne hineinschauen. Selbst aus der Nähe ist es oft nicht möglich. Merk dir das, Marillchen!* Aber es geht. Das las ich aus Muttis Zwischenzeilen und versuchte es mir zur Aufgabe zu machen. Ich trat nahe an die Menschen heran, wenn sie mit mir sprachen. Ich war mir sicher, wenn ich gut genug hinsah, würde ich erkennen, was sich dahinter verbarg. Leider wichen die meisten zurück oder drehten sich vor mir im Kreis ihrer Töne. Nur der Kloane, der drehte sich nicht. Er kam gar noch näher und ich konnte seinen Atem riechen, der wie alter Atem roch, als hätte ihn jemand vor ihm schon einmal geatmet. Später fand ich heraus, dass der Atem so riecht, wenn man lange, über viele Jahre, Alkohol getrunken hat, so viel und so lange, dass er sich in einem festsetzt und der Alkohol mitatmet. Damals wusste ich das aber nicht. Die Tatsache, dass der Kloane in sich hineinschauen lassen wollte, sogar auf mich zukam, machte mir Angst und ich schaute ab da immer schnell weg, wenn ich ihn sah.

Von Hannahs Mutter konnte ich durch die Küchenstühle nur ihre nackten Beine sehen, die in Wollsocken steckten. Sie wippte mit einem Bein, dessen Wade übersät von roten Punkten war, dort, wo ihre Wadenhaare hätten sein können. Bis auf das Summen, das Hannahs Mutters Kehle von sich gab, passierte nichts weiter und ich lag hungrig von den Zwiebeldüften benebelt unter der Eckbank und da, im Moment des Wartens, passierte der größte Anfängerfehler, den man machen konnte. Ich atmete flach und war bereit, meine ungemütliche Stellung weit über die Schmerzgrenze auszuhalten, bis ich immer weniger spürte. Der Schmerz meiner Glieder war irgendwann verschwunden und der Zwiebelduft schaukelte mich, wie eine weiche Wolke, hinüber. Leise hörte ich die Schritte von Hannahs Mutter und die Küchenhandgriffe, die eine weiche Geräuschkulisse bildeten, die meinen gefühllosen Körper taub in einen fernen Schlaf trug.

Ich erwachte erst, als es in der Küche schon dunkel war. Der Zwiebelduft war zu einem undefinierbaren Zimmergeruch geworden und die Geräusche waren verstummt. Ich hörte, wie Hannahs Mutter fast ohne Stimme im Nebenraum Luft aus sich herauspresste, die wie verdünnter Saft nur wenig Ton in sich trug. Mein Körper war es nicht gewohnt, über Stunden in einer Position zu verharren, die ihm seine Form nahm. Mich aus meiner verkeilten Position zu befreien dauerte lange, da das stockende Blut sich gegen meine schreienden Gedanken taub stellte.

Während ich meine Gliedmaßen entwirrte, musste ich meine Lippen fest aufeinanderpressen. Wie eine benebelte Katze stieg ich unter Bank und Tisch hervor. Ich schlich etwas näher an die Wohnzimmertür, zwischen deren Ritzen die Stimme von Hannahs Mutter hervorblies. Sie drehte Kreise vor dem laufenden Endgerät. Ich hörte das Knarzen des alten Bodens und die Stimme zweier Bio-Hühner, die um ihre Herkunft stritten, bis sie nackt und tot in einer Aktionsschale mit Preisstörer und Petersilie präsentiert wurden.

Ich weiß, aber die kann jetzt machen, was sie will. Da gibt es nichts, was wir tun können. Wo geht das hin?

Eigentlich sollte ich froh sein. Ich mein, es ist ein echtes Gemüsejahr. Kein Frost, keine Schnecken. Alles wird eingerext und eingefroren. A-L-L-E-S. Nichts schmeiß ich weg.

Ja ja, wen interessiert's? Noch sind wir nicht an dem Punkt, wo wir uns gegenseitig alles neidig sind. Noch nicht, aber das wird schon noch kommen, hart auf hart. Solange sie mir nicht das Gemüse aus dem Garten rausreißen, muss ich zufrieden sein. Bis sich alle die Schädel einschlagen, bin ich vorbereitet.

Ich hörte, wie Hannahs Mutter tief einatmete und die Luft mit einem Stoß aus sich herausblies. *Du mir auch. Wirklich. Ich hoffe, wir kriegen das hin.*

Später, draußen im Dunklen, als ich nach Hause lief, konnte ich sie sehen. Die Dörfler, wie sie den filigranen Gartenzaun ohne Rücksicht auf die dünnen Zaunäste zu Boden stampften. Ich konnte die gelben Schlangenarme sehen, wie sie zurückschreckten vor dem gleichmäßigen Getrampel, das ihnen ihre Wurzeln flüsterten. Ein Getrampel, das die Wege missachten und die flaumigen Blumenblätter knicken würde, die sich ihren Gegnern versöhnend entgegenstreckten. Mit ihren nackten, gierigen Händen würden sie das seltene Paradies aushöhlen. Sie würden die violetten Karotten, die blauen Erdäpfel, die schwarzen Tomaten und den roten Salat aus der Erde reißen, als wären sie auf der Flucht, und obwohl sie das Gemüse nicht kannten und sogar am Wochenmarkt missachtend daran vorbeiliefen, würden sie es in sich hineinstopfen wie in einen Mixer, mit Nachdruck. Nie würden sie es so schätzen wie Hannahs Mutter, die es sanft einlegte, in Olivenöl mit Rosmarin oder Thymian oder Oregano oder Zitronenzesten oder von allem was. So liebevoll, dass man meinen konnte, die Gartensonne zu schmecken, die durch die eigene eingeölte Magenwand strahlen würde. Die Dörfler aber würden die Karotten kochen, bis sie zerfielen, und sie dann mit der Rückseite der Gabel am Teller andrücken, zusammen mit den Erdäpfeln und fahler Butter, die auf ihrem Püree schäumende Tränen hinterließ.

Sie würden die Seele des Gartens ausheben und in so kleine Stücke schneiden, dass man das eine vom anderen nicht unterscheiden könnte und die Dörfler an den Diebstahl nicht erinnert wurden, der sie für wenige Stunden satt, aber für immer schuldig machte. Sie würden dem Garten alle Farben rauben. Sie würden die fehlende Herzstelle, die Hannahs Mutter mühevoll mit Lust gefüllt hatte, in die Länge ziehen und verdrehen und nur den Verlust übrig lassen, der den Mann und das Gemüse, beide vom Tod zerfressen, zurückbrachte und Hannahs Mutter einsam und grau machte.

Ich sah dieses Bild in der Dunkelheit vor mir, während ich auf unser Haus zulief, das sich als schwarzer Fleck vor dem noch dunkleren Wald bedrohlich und furchtlos abhob.

14

Das Belauschen und ich, wir waren Komplizen. Eine Freundschaft des Zuhörens, die eine gute war, weil sie nur in den Knochen schmerzte.

Ich quetschte und faltete mich in Nischen, unter Eckbänke, in Schränke, wie ein Taschentuch in den Hemdsärmel. Ich passte sogar in den kleinen Holzschrank im Esszimmer von Herbert und Susanna, in den ich mich gerade noch so irgendwie quetschte, als die haarige Herberthand schon auf der Türklinke lag. Mein Körper war zwar Schränke gewohnt, doch je kleiner sie wurden, desto weniger Schlangenmensch wollte er sein. Ich machte mir Sorgen, meine Knochen würden durch das Gefalte und Gequetsche schief weiterwachsen und kleine oder große Beulen bilden, die mich für immer in den Schrank verbannen würden.

Herbert kam in die Küche und ließ sich steif auf die blumige Eckbank fallen. Er schrie kraftlos nach Susanna, deren Schritte schleifend und müde waren. Sie hielt ein grünes Bündel in der einen, ein großes Messer in der anderen Hand, das konnte ich durch die angelehnte Schranktür erkennen. Es war Mittag und Susanna hatte Kräuter aus dem Garten geholt. Ein Stück Fleisch köchelte im Sud. Gekochtes Rindfleisch mit Kren war eine meiner Lieblingsspeisen, die es nur selten gab. Frische Zwiebel, Petersilie und Karotten plumpsten in das freudige Wasser.

Wie tun wir jetzt?, fragte Susanna.

Herberts Atem stockte.

Herbert?

Jo!

Wie tun wir jetzt?

Herbert schmatzte seinen geöffneten, halb schlafenden Mund feucht.

Was meinst du?

Ja, was mein ich? Die Kühe oder die Gänse müssen weg. Du sollst das entscheiden, du liebst sie ja beide.

Ja ja. Ich mach das schon.

Pause.

Die Gänse bleiben, wo sie sind!

Susanna schnitt noch mehr Kräuter klein. Schnelle, flinke, tiefe Schnitte zerfurchten das gebogene Holzbrett, das jeden Schnitt, den Susanna tat, tanzend kommentierte.

Gekochtes Rindfleisch, wenn du magst, ist am Herd, tropfte es kraftlos zwischen den dünnen Lippen hervor, bevor Susanna die Küche verließ, deren Tür ich wenig später, als Herbert tief und gleichmäßig atmete, öffnete und nach Hause rannte.

Zu Hause schrie ich nach Mutti, die ich nirgends finden konnte. Mutti war immer, egal wo, auffindbar. Sie schrie oder pfiff zurück, wenn sie mich hörte, egal, wo sie war. Diesmal war es still. Ich hörte die Blätter im Wind von draußen und sah die angebrochene Dunkelheit, die unser Haus langsam einnahm. Ein kalter, flimmernder Angststoß durchzog mich wie ein kühler Wind von innen.

Ich atmete erst, als ich Mutti fand. Sie war nicht weg. Sie saß auf der Waldrandhausseite auf einem umgedrehten Mistkübel. Von dort aus konnte man nur dicke braune Stämme sehen, die sich wie Hochhäuser unbeweglich in die Höhen streckten. Sie saß für gewöhnlich dort, wenn sie heimlich rauchte. Der

Rauch stieg dann auf und zog sich durch das kleine Toilettenfenster in das Erdgeschoß, wie um ihr Versteckspiel zu entlarven, das im Grunde ein Alleinsein war. Diesmal rauchte sie nicht. Ihre Augen waren rot, doch sie roch nicht nach Zwiebel. Die Tränen kamen aus dem tiefen Muttikopf, das erzählte mir ihr Blick, und der Teil in mir, der Mutti gehörte, weinte mit. Je jünger man ist, desto mehr Mutti ist in einem drin, und die Muttigefühle tränken die eigenen, die einem in Wirklichkeit noch gar nicht gehören.

Ich traute mich nicht zu fragen, warum Mutti weinte. *Tränen brauchen keine Worte,* das sagte sie, wenn jemand weinte. Muttis Tränen hatten nur selten Worte. Ich setzte mich neben sie auf den Lehmboden und wir weinten gemeinsam in die Stämme hinein, die an den Wolken kratzten.

Im Nebel der Tränen vergaß ich Mutti von den Kühen zu erzählen und auch von der Angst, die Hannahs Mutter im Kreis laufen ließ. Ich vergaß alles, weil ich dort neben dem Kübel, neben Mutti, begriff, dass der Ernst nicht nur das Dorf wie eine süßlich-saure Wolke verdunkelte, sondern sich auch durch die Häuser zog und unser Waldrandhaus durchtränkt hatte.

Er war so weit gekommen, dass er Muttis Bauch und Herz ummantelt hatte und ihr Körper so voller Ernst war, dass dieser durch ihre tränenden Augen wieder herausquoll und sich, in Muttis Blicke getarnt, auf mich stürzen wollte. Als ich ihn kommen sah, wie er sich in der Umarmung Muttis tropfend auf mich legen wollte, riss ich mich los und schüttelte mich kopfüber. Dann begann ich zu laufen. Ich lief tief in den Wald. Dort drehte ich mich im Kreis und hörte Vögel und Laub und dicke, schwere Äste und kleine zierliche Äste, die sich dehnten, sehnten und im Dehnen und Sehnen, dort war ich auch.

15

Die Dörfler wissen, es wird sich was ändern. Sie glauben aber, nicht zu ihrem Besten, so erklärte mir Vati die Unruhe im Dorf. Er war nach einem langen, wortreichen Gespräch mit der Ressler vom inoffiziellen Pressesprecher, der sich an Fakten entlanghantelte, zum offiziellen Werbeleiter gemacht worden, der sich an nichts entlanghanteln musste. Er sollte die Ressler'sche Idee des Modelldorfs in eine Welt gießen, die in der Bevölkerung eine Sehnsucht auslösen würde, in die sie aufbrechen wollte. Vati nahm die Stelle an, um mitbestimmen zu können, weniger um dem Ruf der Ministerin zu folgen, sagte er. Sobald die Sonne aufging, marschierte er im Kreis ums Waldrandhaus und telefonierte mit der Ressler in gedämpfter Stimme. Sobald die Sonne unterging, machte er einen krummen Rücken und schrieb, dachte nach und heftete lose Papierstücke auf das zerkratzte Korkbrett in seinem Arbeitszimmer.

In die Köpfe der Dörfler, *die neue Avantgarde,* wie sie Ressler anfangs, wie sie Vati später nannte, musste die Idee des Dorfes und das Ziel der Klimaneutralität weiter und weiter *einmassiert werden.* Maßnahmen mussten folgen. Die Abschaffung des Automobils war nicht das Ende. Die Dörfler sollten Vorbilder der neuen Lebensweise werden. Sie mussten die Klimaziele lachend, hüpfend, tanzend übererfüllen.

Jeder Einzelne wird sich zurücknehmen, so hieß es aus dem Kabinett, wie Vati den Ressler'schen Dunstkreis irgendwann nannte, zu dem er sich mit jedem Tag und Atemzug mehr zählte. Und das Zurücknehmen war weder leicht für die alten noch für die neuen Dorfmenschen, wenn auch die Gründe der alten und der neuen sich kaum überschnitten. Die Überschneidungen waren sogar so gering, dass ein Treffen in der Mitte der beiden *Parteien,* wie sie einer im Streit später nannte, unmöglich war und die Zugezogenen sich nicht trauten, ihre Anliegen vorzubringen. Sie besprachen diese ausschließlich an bewachsenen Gartenzäunen, dunklen Hausecken oder in den eigenen vier Wänden mit lauwarm gedämpfter Stimme unter ihresgleichen. Sie kämpften mit dem Gefühl der Fremde im eigenen Dorf, wie sie sagten. Sie kämpften mit der Tatsache, keine Fernreisen mehr tätigen zu können, und der Angst, ihre Weltsicht würde zu einer Dorfsicht, würde zu einer Innensicht verkommen, in der jeder Raum, jede Ecke und Pore schon ausgefüllt war mit ihren Gedanken, die sich ab jetzt im Kreis drehten, und dort, wo fremde Kulturen, Gerüche und Geschmäcker Platz gehabt hätten, standen sie selbst.

Um sich weniger abgeschnitten zu fühlen, kopierten sie die Worte, die ihnen aus ihren Endgeräten entgegensprangen, und maßen sich daran, wer schneller war, die neue Reihenfolge aus Buchstaben in die eigenen Sätze zu zwängen und zu pressen. Sie konnten noch so viel Mühe und Kraft darauf verwenden, sie kamen letztendlich wie steinerne Fremdkörper aus ihren Mündern, die die feine Haut ihrer Lippen schroff und manchmal gar blutig machten, nur um an ihrem Gegenüber abzuprallen. Und doch konnten sie es nicht lassen. Die Zugezogenen gestikulierten weiter hinter vorgehaltener Hand. Sie suchten nach großen, gepanzerten Ausdrücken und Gesten. Sie sprachen über die Selbstzerstörung der Intellektuellen, über neue Körperpolitik, über Heilpraktiken mit Schröpfkondomen oder die kulinarische Rückkehr der schwarzen Bohnen, als ob sie im Zentrum der Entwicklungen stünden, die eine Gesellschaft durchmachte, deren Plagen und Buckeleien sie genauso zu ertragen hatten, obwohl sie ins Dorf gekommen waren, um diesen zu entfliehen. Sie spielten ihr Schauspiel, so gut sie konnten. Nur wer sie in den Atempausen schnaufen hörte, der konnte erahnen, dass ihre Worte keine Bilder ergaben, nur eine löchrige Mauer, die mit jedem Windstoß davongetragen werden konnte.

Die alten Dorfbewohner bekamen von den Verirrungen der Zugezogenen nichts mit. Ihre Angst war eine andere. Eine, in der die Frage nach der Zukunft kaum existierte. *Klimaneutral* bedeutete für sie nicht nur die Einschränkung des Konsums und des Vokabulars, sondern vor allem der Produktion. Das Kabinett schickte im Spätsommer *die Liste* an Vati, der die Aufgabe hatte, sie ins Dorf zu tragen.

Die Liste war eine Tabelle ohne Ende, wie sie Susanna nannte. Ganz oben stand *Verzichts- und Aktionstabelle der Dörfler und Innen, im Speziellen Landwirte und Innen, als Beitrag für das menschliche Überleben auf Erden.* Auf der *Liste*, unter der Überschrift, fand sich eine Aufzählung an Dingen, die beachtet werden mussten. Darunter der einzig relevante Punkt für die Zuzügler: die Beschneidung der Nutzungsdauer der Endgeräte. Eine vernehmbare Protestwelle zog sich mit der postalischen Verteilung der Tabelle, die Vati in die Hand nahm, durch die Gassen. Nachdem das Raunen der Zuzügler nicht aufhörte, berief Vati eine Gartenzaunversammlung unter ihnen ein und erklärte, dass die Beschränkung vordergründig die Achtsamkeit von allen zum Ziel habe. Dass es um die Psychohygiene jedes und jeder Einzelnen gehe. Er öffnete den Mund dabei so weit, um den Worten besonderes viel Raum zu geben, und erklärte, dass das Augenmerk darauf gelegt werde, dass die Dörfler nicht dem Hass von draußen begegneten, der über die Endgeräte weiterhin zu ihnen hereintropfte und die Sinnhaftigkeit des Modelldorfs infrage stelle. Dass ein klarer Kopf wichtig sei, sonst wäre das Projekt unmöglich. Dass alle mitmachen müssten und keine Angst haben dürften, weil etwas verpassen könnte nur, wer sich an draußen orientiere und nicht an drinnen. Und während Vati Hände und Füße zum Erklären nutzte und alles, was er hatte, in die Worte legte, die aus ihm kamen, konnte man die Zuzügler nicken sehen und einer rief, man dürfe nicht aufgeben, und ein anderer, wir müssen durchhalten, und Hannahs Mutter warf ein, wie wenig sie die Welt da draußen überhaupt noch interessiere und wie negativ alles sei, und es gab noch ein paar Gedankenstränge, die sich aneinanderketteten und Freundschaft schlossen, und noch ein paar Apfelchips wurden über den Gartenzaun gereicht und damit nahm man hin, dass sich die Endgeräte auf die positiven Nachrichten beschränken würden und die Zuzügler auf die Hoffnung statt auf die Zerstörung blicken wollten. Vati kam nach Hause mit geraden Schultern und Sonnenlicht um die Augen.

Für die Hiesigen, die *Produktionsstätten*, wie sie das Kabinett nannte, sah die Tabelle eine größere Bandbreite an Neuerungen vor. So groß, dass diese in Schriftgröße zehn mit einem so geringen Zeilenabstand gesetzt waren, dass sich die Buchstaben an den Tabellenlinien stießen, als wären sie in einer Großstadt. Die Tabelle begann und endete unwillkürlich und ohne Struktur, dafür prall im Inhalt. *Maximale Stückzahl Vieh / Hof zehn, Verwendung rein regionaler Zutaten für die Weiterverarbeitung zur Futtererzeugung, Aussetzen der maschinellen Produktion, inklusive Mähgeräte, ausschließlich Handarbeit bei Ernte und Verarbeitung … Materialien im Lebensmittelverarbeitungsvorgang nicht aus Plastik oder anteilig aus Plastik, empfohlen: Leinen, auch: Arbeitskleidung aus Baumwolle oder Leinen, empfohlen (!): Naturfarben, Beige-Töne, Wäsche der Arbeitskleidung: Einhaltung der Wasserverbrauchsmengen pro Waschstück, Handwäsche, Wäscheleinen aus Naturmaterialien, Wäschekluppen aus Holz, Achtung: Verwitterung des Holzes (!), … jährliche Verputzung der Wände und Überholung der Fassaden, bei Neuanstrich Orientierung an beiliegender Farbpalette empfohlen (!), ausschließliche Verwendung von Lehmfarben, Kalkfarben oder Naturharzfarben …, …* Die Liste wurde nach der Verteilung auf dringenden Wunsch Herberts in der Gemeindeversammlung verlesen. Herbert klebte einzelne Blätter zu einer Rolle zusammen und rollte sie auf einen hölzernen Stab, um ihre Unendlichkeit zu verdeutlichen. Er meldete sich freiwillig als Vorleser. Mit einer Kiste Bier, die er auf das kleine Podest im Versammlungsraum hievte, trat er die mehrstündige Lesung an, die damit endete, dass er hinter dem Rednerpult in sich zusammenfiel, als hätte ihm jede Zeile einen Knochen genommen. Eine Nacht lag er dort, bis Susanna und Vati ihn am nächsten Morgen in einer Scheibtruhe nach Hause rollten. Sie kippten ihn im Schlafzimmer aufs Bett, wo er röchelnd um sich schlug. Susanna stellte die Madonna aus Kunstharz vom Esszimmer auf Herberts Nachtkästchen, *weil sie ihn beruhigt, wenn er die Augen aufmacht.* Dann schlossen sie schweigend die Tür und Vati setzte sich zur Susanna in die Küche, die mit zitternder Hand saure Weichseln einkochte. Vati sagte später, dass er sich verantwortlich fühle, deswegen sei er noch so lange stumm bei Susanna gesessen. Er hatte den Geräuschen der brodelnden, eindickenden Weichseln und des hölzernen Kochlöffels gelauscht, die sich beruhigend zwischen sie legten.

Er trage jetzt die Verantwortung, weil er Werbeleiter war und über die Geschehnisse Bescheid wissen musste. Das sagte Vati so oft, dass Mutti und ich Vatis Worte nicht mehr hören konnten, selbst wenn wir uns dazu zwangen, genau hinzuhören, ihr Klang hatte sich in unseren Ohren so weit abgenutzt, dass wir die Worte nur noch sehen konnten. Wir sahen, wie sie die Lippen Vatis von selbst formten und gleichzusetzen waren mit dem Atmen der Lunge und dem Schlagen des Herzens. Dass die Liste der richtige Schritt war, auch wenn es hart war, das wiederholte er mit zitternder Stimme wieder und wieder. Sein Blick verlor sich zwischen den Baumstämmen, die er vom Trottoir aus beobachtete. Die Blätter wurden von einem unsichtbaren Besen ziellos über seine Schenkel gewirbelt. Sie waren eine Vorahnung des nächsten regenlosen Sturms.

16

Trotz der vielen Veränderungen im Dorf glichen einander die Tage zwischen den Veränderungen so sehr, als wollte sie jemand vergessen machen. Am Ende eines Lebens würde sich der Mensch nur an die speziellen Tage erinnern, die große Momente wie bunte Hüte mit sich herumtrugen. Niemals an die treuen stillen Tage, die sich vor den Erinnerungen ängstlich duckten.

Mein fransiger Gedankenstrang baumelte vor Vati in der Luft. *Wir vergessen nicht, Marillchen. Vergessen gibt es nicht. Das Max-Planck-Institut hat die Unmöglichkeit des Vergessens schon lange bestätigt.* Dann warf er das Wort *Nervenfortsätze* zwischen uns. Sie, die Nervenfortsätze, speicherten laut Vati alles, was wir erlebten, und holten es für uns willkürlich hervor. *Nichts ist jemals vergessen.* Ich sah kleine fleischige Nervenfortsätze vor mir, wie sie sich in den immer enger werdenden Kopf quetschten, und griff mir an die Stirn. Als Vati seinen schweren Kopf zum Nachdenken in die Luft hängte, wünschte ich mir, er könnte sich für das Vergessen entscheiden. Ich stellte mich vor den vollen, in der Luft hängenden Kopf und fing die ganze Last der Nervenfortsätze in meinen Händen auf, bis sie anfingen zu zittern. Dann stand Vati auf und vergrub sich in einem neuen Tag, den er für immer mit sich herumtragen würde.

17

Wenn Mutti die Milch abführte, kam sie mit einer Milchkanne voller Medikamente und *außerordentlichen Lebensmitteln* wieder. Der kleine Mann von der Milchannahmestelle war geübt darin, mit seinen zarten Händen die blecherne Milchkanne systematisch wie ein fettes Brathuhn auszustopfen. In die Rillen zwischen den Salz- und den Zuckerpackungen klemmte er die Hühneraugenpflaster, die Blutdrucksenker, orthopädische Einlagen oder Nadeln für Nähmaschinen. War Mutti im Dorf angekommen, stellte sie die vollen Milchkannen vor das Feuerwehrhaus. Jene Dörfler, die keine Milchkühe hatten und daher ihre Bestellungen bei Mutti aufgaben, warteten dort auf sie. Der alten Erika brachte sie ihre Medikamente direkt vorbei, damit sie nicht darauf vergaß, sie einzunehmen, wie sie es gerne tat, und sich bei Hitze entschuldigte, dass sich der Kopf so schnell verabschiedete und sie vergesslich wurde. Die Hitze aber vergaß sie nie.

An heißen Tagen klingelte Mutti dreimal, viermal, und als Erika aufmachte und widerwillig die Medikamente entgegennahm, drehte Mutti auf dem Absatz um, nahm das Waffenradlsoso und weg war sie. Sie fuhr spazieren. Die Dörfler schauten ihr gerne dabei zu, wie sie lächelnd über die Pflastersteine des Dorfplatzes klapperte, bevor sie die Dorfschilder hinter sich ließ. Kleine Schuppen Freiheit fielen von ihr ab, wenn ihr Körper durchgerüttelt wurde und jeder, der ihr zusah, hoffte, der Wind liege richtig.

Henry, ein Zugezogener und Fotograf mit Haar, das bei jedem Windstoß neue Gebilde formte, fotografierte Muttis wehende Locken und strampelnde Beine, die lange Schatten auf die Pflastersteine warfen, gerne. Henrys Bilder von Mutti waren schön und lebendig und zeigten eine Seite von Mutti, die Vati für die *Dorfrealität* gebrauchen musste, wie er sie nannte.

Vati veränderte sein Verhalten zusehends, seit er Teil des Kabinetts war. Anstatt mit großen Schritten und Gesten um das Waldrandhaus zu marschieren und die Anzahl der Schritte, die er dafür benötigte, mit jeder Runde zu verkleinern, während er mit der Ressler telefonierte, spazierte er häufig durchs Dorf, um den vorbeigehenden Menschen leichtfüßige Phrasen zuzuwerfen, die sie zum Lachen brachten und über die er am Vorabend gegrübelt hatte. Die Ressler erwähnte er nur noch, fragte man nach ihr, und selbst dann schien sie sich in seinen Mundwinkeln zu verstecken.

Nach den Dorfspaziergängen kehrte er öfter bei der Susanna ein, *weil mir ihre Welt so fremd ist.* Dort stellte er Fragen in die Kochtöpfe oder die stimmenlose Geräuschwand aus Küchenlärm. Viele Male öffnete Vati seinen fragenden und doch leeren Mund. Viele Male saß er da und trank Holundersaft, Johannisbeersaft, Erdbeersaft oder Bier. Als Vati oft genug bei der Susanna gesessen hatte, dass sie seinen Platz am Tisch kannte und wusste, wann er kam und wann er ging, da verlor sich die Scheu in der Gewohnheit und sie begannen sich zu unterhalten.

Vati beschäftigte sich immer eindringlicher mit der *Dorfrealität*, sodass er das, was war, zu vergessen schien.

Wer sich morgens in Vatis Arbeitszimmer verirrte, der roch den säuerlichen Schweiß der vielen Gedanken, der sich in der

Stille der Nacht nicht verkroch. Lose Gedankenfetzen, Buchstabenreihen, Notizen lagen wie verwehte Samen auf dem dunklen Holztisch. Seit Vati als Werbeleiter an der *neuen Realität* arbeitete, ließ er keine Nacht mehr aus, in der er sich nicht über den Holztisch bückte und seine Wirbel zum Gehorsam aufforderte. Auf spitzen Zehen entwirrte ich Vatis Buchstaben am nächsten Morgen, wenn noch alle schliefen, und versuchte, seinen Gedanken zu folgen.

Während die *Dorfrealität* anfangs eine blumige Bestandsaufnahme des Dorfes gewesen war, so wurde Vatis Fantasie immer lebendiger. Die Kampagnen entfernten sich weiter und weiter von den Tatsachen, dass es schwer war, sich das Dorf, wie es war, noch vorzustellen. Er verwischte die bröckelnden Fassaden und tauchte die geduckten Häuser und löchrigen Straßen in glühendes Licht.

In der Einfachheit von früher liegt der Kern der Sehnsucht, stand auf dem Zettel, den er ans Korkbrett geheftet und mit drei Rufzeichen markiert hatte. Wer Besinnung suchte, der sollte an unser Dorf denken. Wer im Einklang mit der Natur leben wollte, der sollte an unser Dorf denken. Wer der Natur zurückgeben wollte, was ihr genommen worden war, der sollte an unser Dorf denken. Wer seine Hände in die Erde graben und den frischen Tau auf den Gräsern schmecken wollte, der sollte an unser Dorf denken und durstig werden.

Für Henry, dessen Gemüt hell und dessen Auge werblich war, wurde es immer schwerer, Bildmaterial für Vatis Kampagnenideen zu finden. Die Dörfler, die anfangs gelächelt hatten, zogen die Augenbrauen zu einer großen dicken Linie zusammen, wenn sie Henry mit seiner Kamera durchs Dorf streifen sahen, und Vati machte kurzen Prozess und fing an, sie für ihr Lächeln zu bezahlen.

Die verzerrte *Außenkommunikation* änderte aber nichts daran, dass das Dorf im Kern so zerfallen war, dass es die neue Welle an Zugezogenen kaum bemerkte, die mit großen Augen durch Vatis Kampagnen angelockt wurden und hoffnungsvoll bis an den Rand ihrer Lider mit Koffern und Geld in den Taschen und sauberen belgischen Jätklingen und frisch gewaschenen blauen Fischerhüten und unbenutzten Lederpantoffeln einmarschierten. Sie begannen, die verbliebenen verwahrlosten Häuser zu renovieren, die verarmte Dörfler verkauft hatten und mit anderen verarmten Dörflern zusammengezogen waren. Sie brachten Ideen zu Schrebergartenkonzepthäusern mit zentralen Waschstationen und Holzspantoiletten, die sie auf ihren neu erworbenen Parzellen mit dünnen Hölzern absteckten, die Herrn Z ein solches Unbehagen bereiteten, dass er nur noch mit Stock außer Haus ging und diesen Stock wie einen Minensuchhund vor sich hertrieb, wenn er durch das knöchelhohe Gras spazierte.

18

Es war so geschäftig im Dorf, dass Vati Mutti zwischen den Dingen verlor. Vati schnitt Scheiben von sich ab, die er verschenkte, während für Mutti nichts übrig blieb. Er hatte die neue Welle an Zugezogenen in die Gepflogenheiten des Dorfes einzuführen, was er zusätzlich zu seiner Position im Kabinett, den Handgriffen am eigenen Hof und dem Sitzen bei der Susanna übernahm, über das viel mehr geredet wurde als über das Kabinett selbst, dessen genaue Zusammensetzung niemand wirklich kannte.

Mutti war zu stolz, um eine Scheibe Vatis einzufordern. Sie brauchte niemanden, der sich ihrer annahm. Sie war eine erwachsene Frau. So schön und erwachsen wie Mutti war selten eine Frau. Hannah hatte einmal erzählt, dass der Pierre vor langer Zeit zu Vati im Scherz gesagt habe, dass man Mutti nicht alleine lassen dürfe, so schön sei sie. Seine Mundwinkel haben dabei gezittert, weil er lachen wollte, doch das Lachen in seinem Gesicht kämpfte mit dem Ernst und zehn der siebzehn Lachmuskeln wollten nicht mitmachen, erzählte man. Vati habe den Ernst sehen können und den Pierre mit leeren Augen angeschaut.

Mutti schien an manchen Tagen auch zu wissen, wie schön sie war. Dann lächelte sie in den Spiegel, legte den Kopf schief und streckte ihren Busen nach vorne, dass die Spitzen der Brüste nach oben zeigten und sich unter den bunten Kleidern abzeichneten. Wenn Vati sie sah, wie sie sich vor dem Spiegel beobachtete, kam eine Ruhe und gleichzeitig ein Sturm über ihn, der ihn fast in der Mitte auseinanderriss, das erzählte Mutti lachend in einem stillen Moment am Gartenzaun Susanna, während ich ungewollt danebenstand und bemerkte, wie sich die Pupillen von Susanna zusammenzogen und weiteten. Mutti lachte und die Haare, die sich um ihren Kopf kräuselten, wehten im Wind, wie die Schlangenhaare einer Medusa.

Weil Mutti so schön war und so glücklich aussehen konnte, ließ Vati Bilder von ihr durchs ganze Land plakatieren, wie sie auf dem Waffenradlsoso saß und durch das autofreie Klimadorf fuhr, das ihr schon so zuwider geworden war, was niemand wusste, weil sie es niemandem sagte. Schaute man aber genauer hin, dann sah man die Sehnsucht und Melancholie, die in ihrer blauen Iris Kreise schwammen.

Wir sind Sklaven. Wir werden als Avantgarde an uns selbst verkauft. Muttis Lippen zitterten und sie schrie lautlos in das leere Wohnzimmer des Waldrandhauses, im Glauben, nur Vati höre sie. *Siehst du das nicht!* Vati hatte ihre Skepsis lange geteilt, doch Hand in Hand mit Mutti verlor er sein kritisches Auge, das von einem glasigen ersetzt wurde. *Das Modelldorf ist unsere Chance, das Land zum Aufbruch zu bewegen! Ich trage jetzt die Verantwortung,* fügte er noch hinzu. Vatis verzerrtes Grinsen verriet Mutti und mir, dass er es so ernst meinte, dass er lächeln musste.

19

Nach einer guten *Kampan* kamen viele neue Menschen ins Dorf. Es war so voll geworden, dass die Scheunen, die Gartenhäuser, selbst die Hühnerställe ausgebaut wurden und vom alten Dorf weniger und weniger übrig blieb.

Nach einem dieser Triumphe, die aus Vatis Kopf sprossen, musste dieser bei der Einführungsveranstaltung aufgrund der vielen neuen Menschen so laut schreien, dass er wie eine leere Tube nach Hause kam. Seine roten Augen stachen durch den dunklen Hausflur, als er müde die Kellertreppe heraufkam. Er legte den Zeigefinger auf seine Unterlippe und sah mich an, dass mir kalt wurde. *Kein Ton, Marillchen!*

Als wären alle Wörter aus ihm herausgefallen und in den Ohren der neuen Fremden versunken, sprach er die Tage danach kaum noch, schrieb nicht mehr und verweigerte Anfragen und Anrufe. Er scheuchte sogar die Dörfler, die mit Fragen zu ihm kamen, wortlos, mit einer zitternden Geste aus dem Handgelenk, vom Hof. In dieser Zeit saß er häufig auf der grünen Bank am Eingang unseres Hauses und sah den Blättern dabei zu, wie sie furchtlos tanzten. Vatis ungewohnte Stille brachte uns an einen blinden Ort der vertrauten Gemeinsamkeit, der dem Wort Familie gerecht wurde. Vati umarmte mich und Mutti in dieser Zeit oft, als wollte er sich an unsere Anwesenheit erinnern. Die ungewohnte Phase der Stille dauerte lange genug, dass sich Mutti später an die *ruhigen Tage* erinnerte, wie sie sie nannte. Wir waren für kurze Zeit wie drei schwere Steine im Blätterwind.

Was genau damals mit ihm passiert war, fanden wir nicht heraus. Sicher war aber, dass die ruhigen Tage das letzte Aufbäumen des alten Vati waren, der sich verabschiedete und dann für immer verschwand.

20

Es kam bei allen Zugezogenen der Punkt, an dem Vatis *Dorfrealität* und der tatsächliche Alltag eine derartige Dissonanz in ihren Gehirnen auslösten, dass sich ihre Gesichtsmuskeln für mindestens einen, meist aber für mehrere Tage von den Gedanken lösen mussten, während diese sich einen neuen Reim auf die Geschehnisse bildeten. Die neuen Gesichter wurden derweil ausdruckslos durch die kleinen Gassen, über die bunten Blumenwiesen oder die einfarbigen Felder getragen, als hätte man sie für einen kurzen Moment gelähmt. Währenddessen schlossen sich Wut und Enttäuschung in den Körpern der Gesichter zusammen, wie eine Bewegung, die nach wenigen Tagen senkrechte Falten geschossartig auf ihre Stirne malen würde.

Den aufkommenden Gefühlsausbrüchen wurde von den Damen des Ältestenrates ein mehrlagiger Beschwerdeformularkanon entgegengesetzt, der Schlimmeres verhindern sollte. Die sich Beschwerenden mussten mehrere Schritte im Prozess durchlaufen, bevor ihre Beschwerde gültig war. Sie wurden dazu gezwungen, schriftlich *(Bitte benutzen Sie Bleistift!)* mit wütenden Händen eine Reihe pastellfarbener Formulare in Großbuchstaben *(Leserlich in Großbuchstaben!)* mit nichtigen, unnützen Fragen *(Ihre Lieblingsfarbe als Kind?)* auszufüllen. Wer dann noch die Muße hatte, sich zu beschweren, dessen Formulare wurden in den Beschwerdeprozess eingebracht. Die Beschwerdebeantwortung wiederum konnte mehrere Monate dauern, da jede Frage *psychografisch analysiert* wurde, so die Antwort der Damen des Ältestenrates. Die Beschwerdegründe waren vielzählig, doch wenn man genau hinschaute, ging es darin meistens um die dunkle Lücke zwischen *Realität* und Realität. Nur wenige der Neuen schafften es, die Illusion in ihren Augen und Köpfen so weit aufrechtzuerhalten, dass sich eine Zufriedenheit einstellen konnte, die ihnen die Vernunft absprach.

Line und Mike waren zwei der wenigen, die es schafften. Ihre Gesichter waren nicht gelähmt und ihr lautes, vergnügtes Lachen hielt die Dörfler auf respektvollem Abstand. Sie hatten den Stall von der Erika gekauft, die damit nichts mehr anzufangen wusste. Erika nutzte ihn, nachdem sie das Vieh weggegeben hatte, als Parkplatz für ihr kleines Mopedauto eWazzy, das sie behalten hätte, hätte sie dafür nicht eine Prämie bekommen.

In den alten eWazzy-Kuhstall bauten Line und Mike Halbstöcke, ersetzten Stahlwände durch Lehmwände und brachten Solarpaneele raumschiffartig auf dem Dach und den Seitenflügeln des Stalles an, als wollten sie es sich offenhalten, eines Tages mit dem Stall abzuheben. Währenddessen schoren sie sich im *Transformationsprozess,* wie sie es nannten, die Haare so kurz, dass sie täglich Sonnencreme auf den kleinen Kreis am Hinterkopf auftragen mussten, aus dem alle Haare zu kommen schienen. Nicht selten blieb dort ein daumengroßer weißer Fleck übrig, besonders bei Mike, der seine Haardichte mit Sonnencreme zu kompensieren versuchte. Die neuen fleckigen Frisuren machten es Erika, blind wie sie war, unmöglich, Line und Mike auseinanderzuhalten, und sie machte sich erst gar nicht die Mühe, es zu versuchen.

Wohin sich Line und Mike transformieren wollten, beobachte ich aus sicherem Abstand. Mit Vati sprachen sie über die Loslösung von der Stadt und über die Freude, die sie an der körperlichen Arbeit hatten. Sie reduzierten ihre Kleidung auf ein Minimum aus Kaschmirpullovern, Jeans, deren Hosenbeine sie im Sommer abschnitten und im Winter wieder annähten. Line nähte noch ein paar Leinenröcke und Umhänge, die wie ärmliche Kochschürzen aussahen, die sie aber *Apron* nannte und um die Hüften trug. Der Stolz, den Vati für Line und Mike empfand, war ihm selbst unheimlich, wie er sagte, weil es sich anfühlte, als wären sie eine bessere Version seiner selbst. Mike war Grafiker und seines Zeichens Lebenskünstler, Line Kindergärtnerin, *mit einem besonderen Auge,* das sagte Mike über Line. Line sprach selten über sich. Sie war der Ansicht, das *Ich* existiere nicht.

Ihre Einkommensquelle sollte in Zukunft ihr Leben im Dorf sein, das sie über ihr Endgerät verkaufen konnten. Vati gefiel ihr *Projekt*, wie sie ihr Leben nannten.

Neben Line und Mike gab es eine *beunruhigende Mehrzahl an Zugezogenen,* wie Vati sie einmal nannte, die sich mit den impliziten, vagen Versprechen der *Dorfrealität* nicht zufriedengaben und die Illusion Vatis ständig mit der Realität verglichen.

Sie kamen mit einer präzisen Vorstellung von Ursprünglichkeit, von ländlicher Harmonie, von Auflösung in der Natur, von ihrem Leben in der Stille, die sie mit jedem Augenaufschlag abglichen und dabei ihre Lippen kräuselten, wenn ihre Augen nicht sahen, was sie sehen sollten.

Was sie nicht wollten, hatten sie ebenso klar definiert. Sie wollten keine Massenproduktion und keine margenfressenden Zusammenschlüsse, keinen Handel im Superlativ, keine Monokulturen, keine motorisierten Gerätschaften, kein Regenwurmsterben, kein Waldsterben, kein Egal-welches-Artensterben, kein Sterben generell, keine Atomkraft, keine fossilen Brennstoffe, keine Tupperware, kein Hartplastik, kein Mischgewebe, kein Verpackungsmaterial, kein Papier, keine Klimaerwärmung, kein CO_2, keine Schlafstörungen, keine unglücklichen Momente, keine Blähungen, keine Hautausschläge …

Die Liste war so lang, dass sich die Damen vom Ältestenrat Tag und Nacht durch die unzähligen Beschwerdeformulare kämpfen mussten, die mit vor Wut zitternden Großbuchstaben gespickt waren. Dabei saßen sie im Feuerwehrautohaus und arbeiteten mit ihren solarspeichernden Nachtstirnlampen, die abends im Dorf keine Seltenheit waren. Beschwerde um Beschwerde lasen sie und prüften die mehrseitigen bunten Bögen akribisch. Für die Frau von Herrn Z war diese Tätigkeit besonders anstrengend, da sie seit dem Unfall nur noch ein Auge hatte und sich erst an die fehlende Dimension in ihrem Sichtfeld gewöhnen musste. Wenn sie lange auf ein Blatt Papier starrte, dann hatte sie das Gefühl, darin zu versinken, und der Abstand zwischen ihr und dem Papier verkleinerte sich mit jeder schreienden Beschwerdezeile, dass man schnell meinen könnte, sie schlief darauf ein, doch tatsächlich spürte sie jedes Wort, das sie las, an ihrer Hautoberfläche.

Ihre Mitstreiterinnen aus dem Rat baten daraufhin die Frau Erich, die am besten mit Holz umzugehen wusste, der Frau von Herrn Z eine Lesevorrichtung zu bauen, damit diese nicht *Beschwerde-verrückt* wurde, so nannte es die älteste Frau des Ältestenrates, nachdem sie der Frau von Herrn Z lange genug zugeschaut hatte und diese sich manisch zu kratzen begann.

Die Vorrichtung, an der Frau Erich schraubte, war ein einfacher Holzquader mit Aussparungen in der Mitte, damit die Frau von Herrn Z diesen auf die Beschwerdeanträge stellen konnte. Der Quader diente als natürlicher Abstandhalter und tat, was er tun sollte. Die Frau von Herrn Z gewann Abstand zu den ungestümen Worten und musste diese nicht mehr so nahe an sich herankommen lassen. Sie und der Quader freundeten sich an. Bald schon trug sie ihn zwischen Arm und Körper geklemmt überall mit sich.

Eingangs war das Verständnis der Dörfler für den Holzquader groß, doch je länger die Frau von Herrn Z ihren neuen Freund mit sich herumtrug, desto mehr wurde über sie geredet, und als sie eines Nachts die Rollen ihres alten Schreibtischschranks abmontierte, um sie an ihrem Holzquader zu befestigen, den sie von da an mit einer Leine rollend hinter sich herzog, sprach man ihr die klare Sicht endgültig ab.

Die zwei Frauen des Ältestenrates sahen ihre Stellung gefährdet. *Einer Verrückten glaubt niemand. Das ist das Totschlagargument!* Vati ordnete beim Mittagessen die aktuellen Machtverschiebungen wortreich in seine Nervenfortsätze.

Als er zum Beschwerdelesedienst einberufen wurde, der ihm, Hannahs Mutter, Herrn Z und Irmis Mutti zuteilwurde, weil sie studiert hatten und das Vertrauen der Damen des Ältestenrates genossen, da war Vatis Leben schon so voll mit Aufgaben, dass er sich selbst zu vergessen schien. Er vergaß, sich zu rasieren, an manchen Tagen gar zu duschen, und schien sein Spiegelbild, das sich ihm mahnend entgegenstreckte, zu meiden.

Vatis Körper schien hauptsächlich für seinen Kopf zu funktionieren. Man konnte Vati nur noch beim Denken zusehen. Wenn er aß, wenn er die alten Apfelbäume zurückschnitt, wenn er mit der Sense die wilde Wiese mähte und selbst wenn er schlief, arbeitete sein Kopf. Sein Körper bewegte sich im Sparmodus.

Er hatte sich eine Welt der Wörter und Bilder gebaut, die ihn langsam auffraß. Vati sprach von der Dorfzukunft mit solcher Bestimmtheit, dass Muttis Fragen seinen Gedanken so weit hinterherhinkten, dass seine Ohren von Muttis Fragezeichen zu weit entfernt schienen, als dass er sie hören konnte.

Mutti glaubte, den Mann, der sich in seinen Gedanken verloren hatte, nicht mehr zu kennen. Sieben Jahre dauert der Zerfall der Zellen im Körper, sagte sie. Wenn man nach sieben Jahren Pech hat, dann ist der Mensch neben einem ein neuer, unbekannter, der nur noch ein bisschen Struktur mit dem alten gemein hat.

Es kam, dass sich Vati, wenn er zu Hause war und nicht bei Susanna oder im Feuerwehrautohaus Beschwerden las, so weit in sich zurückzog, dass er niemanden mehr wahrzunehmen schien.

Seine Augen wurden ein letztes Mal groß und in die Realität zurückgeholt, als Mutti ihre Parmigiana auf den Tisch stellte, deren Melanzani sie erst im Salzwasser gezogen und schließlich in Mehl frittiert hatte, sodass sich kleine, knusprige Ölwände in der Tomatensauce bildeten, die sich weich und pelzig auf unsere Gaumen legten. Den seltenen körperlichen Genuss, den Vati empfand, als sich sein Gaumen mit unserem Garten und den warmen Händen Muttis vermischte, drehte die dumpfe Stille in unserem Waldrandhaus ein letztes Mal in ein stilles Genießen, das seine gespannten Glieder lockerte und eine Erinnerung für uns alle werden würde.

Der Beschwerdelesedienst zeigte Vati viel, wie er sagte. Man konnte dort in die Dorfgesellschaft hineinlesen. Eines der großen Probleme, die er aus allen kleinen zusammensammelte, war die Stille. Die Zugezogenen wünschten sich die absolute Stille. Sie kamen mit der Illusion, dass die urtümliche, nachhaltige Lebensweise ihr Bedürfnis nach außerweltlichem Eskapismus befriedigen würde. Vati hatte keine Lösung für die wiederkehrenden Großbuchstaben, die sich über die mehrfarbigen Beschwerdeblätter zogen.

Es waren die Kühe vom Großbauer Hackner, die den Zugezogenen mit ihren Glocken und Kuhgeräuschen zu sehr lärmten, die Gänse vom Herbert, die gegen ihre existenzielle Willkür anschrien, und die Dörfler, die es gewohnt waren, sich abends auf dem Dorfplatz zu versammeln, zu reden, zu lachen, doch deren Laute zogen sich durch die Gassen und pfiffen den Neuen durch ihre Türritzen. Am häufigsten wurde sich über den Hackner beschwert. Dessen Stimme war so tief und so laut, dass Vati mit ihm gern über die Oper redete und ihm vor langer Zeit eine alte René-Pape-CD geschenkt hatte. *Gods, Kings & Demons,* stand darauf. Der Großbauer Hackner nahm sie als Kompliment, weil er auch so ähnlich aussah wie Pape. So kam es, dass er die CD morgens auflegte, wenn er die Kühe molk und sich ein bisschen größer fühlen wollte, als er ohnehin schon war. Die Kühe mochten Pape genauso gern wie der Hackner, sodass sie mehr Milch gaben und manche Dorfbewohner glaubten, dass die Milch besser schmeckte, wenn die Kühe die wabernde Opernstimme vernahmen. Die Tatsächlichkeit dieser Annahme wurde während einer Blindverkostung auf dem Dorfplatz überprüft. Die Testteilnehmer bekamen Pape- und Nicht-Pape-Milch. Die Anzahl derer, die die Klänge aus der frischen Kuhmilch herausschmecken konnten, war so hoch, dass der Großbauer Hackner die Verkaufsmasche seiner Milch überarbeitete und sie musikalische Milch nannte, kurz *Musilch.* Damit eröffnete er eine neue Kategorie, die sogar einen großen Teil der Hafermilchtrinker interessierte, weil es eine Milch mit Gefühl war, das sagten die Hafermilch-Aficionados, und das Gefühl, das trank man gerne, auch wenn es den einen oder anderen blähte.

Trotz der milchigen Gefühle war das morgendliche Opern-Melk-Programm, pünktlich um halb sechs, den Lärm-Beschwerden nicht zuträglich, und obwohl viele die *Musilch* gerne tranken, fand sich des Hackners Name immer und immer wieder auf den Beschwerdebögen seiner Konsumenten.

Es war keine Lösung in Sicht. Die Beschwerden wurden nicht weniger und so kam es, dass die Frau von Herrn Z Tag und Nacht über ihren Lesequader gebeugt die Formulare las, dass die Ränder des Holzquaders von der Ringelblumengesichtscreme, die sie morgens und abends in kreisenden Bewegungen gegen die Schwerkraft auftrug, schnell eine Patina bekamen.

21

Die schneidende Gewalt kam in aller Früh und sie kam so versteckt, dass man nicht genau wissen konnte, ob sie es tatsächlich war. Das Rätsel um sie spaltete schon wenige Stunden nach ihrem Eintreten oder Nichteintreten die Meinungen, von deren Existenz sie abhing. Sie wurde zu einer Glaubensfrage, einer Misstrauensfrage, einer Frage, die nicht mit dem Verstand der Dörfler beantwortet werden würde. Sie teilte die Bewohner in Gläubige, die sich sicher waren, dass die Gewalt tätig durch die Gassen ging, und Nicht-Gläubige, die ihre Taten dem Zufall unterordneten.

An einem kühlen Spätsommermorgen im stillen Dunkel schickte sie ihren ersten Boten in Form von Susanna zu uns. Schreiend stand sie vor unserer Tür. Ihre blutenden geballten Fäuste hämmerten hart gegen die alte Eichentür und malten mit jedem Schlag runde rote Rosen auf das bleichgrün lackierte Holz. Die Komplementärfarben des frischen Blutes auf dem verblichenen Grün, sie wären schön anzuschauen gewesen, hätte Mutti sie nur trocknen lassen, doch das Blut wurde schnell abgewaschen. Noch während Susannas Schreie in Muttis Gehörgängen nachhallten, fing sie es in einem Eimer auf und ging damit fort. Sie leerte das Waschwasser nicht aufs Trottoir, um es zu reinigen, wie sie es sonst tat. Sie verschwand damit im Wald, wo sie den Eimer ausleerte und die dunklen Schatten der Morgendämmerung anschrie, denn Mutti war im Gegensatz zu Vati keine Gläubige des Zufalls. Den langen, kehligen

Schrei, der Mutti vor sich selbst erschreckte, hörte niemand. Doch der Geruch des Blutes lockte erst den Fuchs und später die Fliegen, die hungrige Kreise um die Blut-Seifen-Lauge drehten.

Als Susanna zu Vati gelaufen kam, der er ihr so nahgekommen war, dass niemand einschätzen konnte wie nah genau, hatte sie nicht mit dessen Schlaf gerechnet, der so tief war, dass man ihn mit der flachen Hand schlagen musste, wollte man ihn wecken. So blieb ihr nichts anderes übrig, als mit Mutti durch die vorübergehende Nacht zu laufen.

Ich war von dem Hämmern der Fäuste und dem heulenden Keuchen wach geworden, das die zerblätterte Susanna-Figur bei jedem Ausatmen von sich gab, und beobachtete von meinem Zimmerfenster aus zwei torkelnde Gestalten, die sich in der Morgendämmerung vom Waldrandhaus wegbewegten.

Als Mutti mit Susanna am Gänsestall ankam, wütete Herbert darin, und wer das Bild von außen sah, der hätte glauben können, es wäre der Herbert selbst gewesen. Doch es war nicht der Blutrausch in seinen Augen, der sie glasig machte. Er war aufgewacht, mitten in der Nacht, weil das regelmäßige kehlige Schreien der Gänse verstummt war, das ihn beruhigte. Alles war tot. Er wusste es, noch bevor er seine Jacke überstreifte und in den Stall ging, um dort zu schreien *Maria!,* so schmerzvoll, dass Susanna unter der harten Daunendecke zu zittern begann. Die späte Nacht aber erlaubte es ihm noch, den Albtraum herbeizusehnen. Er glaubte zu träumen, bis Mutti am Stall ankam und er ihr und Susanna in die Augen sah, die er in der Morgendämmerung nur als dunkle Öffnungen erkennen konnte. Der Morgen war noch so frisch, dass die drei angestrengt schauen mussten und starr einige Sekunden vor dem Gemetzel standen, bis sie seine Ausmaße erkennen konnten. Die Umrisse reichten aus und Mutti wurde schlecht und das wenige Unverdaute in ihrem Magen, das von letzter Nacht noch darin lag, kam so unkontrolliert hoch, dass es eine der toten Gänse traf, deren Hals abgewinkelt zu ihren Füßen lag. Herbert bemerkte nichts davon, genauso wenig wie Susanna, deren zitternde Hände sich durch die Federn in das Fleisch der Gänse gruben, als wollte sie es wiederbeleben, während es bereits harsch und kalt vor ihr lag.

Der Fuchs war gekommen, wie er häufig kam, sich anschlich und regungslos im Stall verharrte, und trotz des Übermutes, der ihm seinen Rausch bescheren würde, wartete er geduldig, bis alle Gänse im Stall waren und der Herbert die hölzerne Klappe, die den Tod bedeuten würde, nach unten drückte. So war es! Die Gans, deren Hals geknickt um den Drahtzaun gebunden, wie ein Mahnmal vor Herbert und Susannas Gänsehütte kleine blutige Rinnsale zu Boden schickte, war ein nicht zu erklärender Zufall, über den die Gläubigen des Zufalls wenig, die der Gewalt viel redeten, wie die Letzteren mehr zu reden hatten, weil sie nach Erklärungen suchten und diese vielzählig, aber keine definitiv war. Der Vorfall spaltete das Dorf und trieb mehr als nur einen Holzspan zwischen die Lager. Das Gelächter auf dem Dorfplatz verstummte, das Schreien der Gänse war weg. Ein stiller Nebel zog sich über das Gemäuer und es wurde kälter und die Anhänger des Zufalls versicherten, dass es keine Spaltung gab. Dass sich zufällig die Zufälle trafen und stumm miteinander tanzten. *Keine Sorge, Marillchen.*

22

Vatis Gesicht war verschwunden. Es war der Morgen nach der Totennacht der Gänse, in deren Stall noch ihre Körperwärme brütete. Vati hatte nichts bemerkt. Er hatte tief und beinahe atemlos geschlafen. Erst als Mutti blutverschmiert und voller verklebter Gänsefedern nach Hause kam, da drang die Nacht durch seine ausgeschlafenen Ohren, und als Mutti noch zitternd davon erzählte, während sie das Blut durch ihre Augen rauschen ließ, da verschwand Vatis Gesicht, als hätten die helfenden Hände des Dorfes einen Lappen über seinen Kopf gezogen.

Als Muttis Worte verstummten und sie versuchte, Vati in die Augen zu sehen, da schaute sie ins Nichts. Seine Falten, seine verkehrte Welt, die sein Gesicht hatte altern lassen, seine schmalen, kaum vorhandenen Lippen, sie waren weg. An ihre Stelle war eine Oberfläche getreten, die wie Geschenkpapier um seinen Kopf gewickelt war und seine Mimik verhüllte.

Mutti erbrach sich zitternd ein zweites Mal vor Vatis Füßen, dass das Stück Liptauerbrot, das Susanna Mutti aufgezwungen hatte, auf Vatis Zehennägel spritzte und dieser nach hinten sprang, ohne dabei sein Gesicht zu verziehen.

Lange war ich mir sicher, dass Vati krank war, dass er seine Krankheit vor uns verstecken wollte, doch Mutti reagierte nicht auf meine These. Sie nahm mich in den Arm und ich roch, wie das Heu und das Kastanienwaschmittel aus den Fasern ihres Kleides herauskamen. Den Geruch, den werde ich nie vergessen. Als ob sie es gewusst hätte.

23

Mutti nahm mich, als ich größer wurde, öfter auf ihre morgendlichen Radtouren zur Milchannahmestelle mit. Ich bekam eine kleine silberne Kanne mit zwei Lederriemen, die ich mir wie einen Rucksack umschnallen konnte, und mit der ich neben Mutti herfuhr.

Es war schön, wenn der Wind einem beim Fahren entgegenblies. Wenn man schnell genug in die Pedale trat, dann konnte man seine eigenwillige Melodie hören.

Der Weg zur Milchannahmestelle war ein sich kräuselnder Schotterweg, der irgendwann zu einer richtigen Straße wurde, auf der Autos der Bewohner jener Dörfer und Städte fuhren, die nicht wie unseres waren. *Pass gut auf, Marillchen. Du musst jederzeit ausweichen können.* Ich kannte die Autostraßen. Ich hatte sie selbst mit dem Rad befahren und mir die Menschen, die bewegungslos in ihren Autos saßen, stundenlang angeschaut. Sie waren keine wie du und ich. Sie fuhren von Orten mit Bergen zu Orten mit Tälern zu Orten mit Wüsten und ans Meer, das Vati und Mutti so oft auf ihren Reisen besucht hatten. Sie waren für mich wie Menschen aus einer vergangenen Welt. Auf der Straße mit den Autos setzte Mutti jedes Mal ein buntes Kopftuch mit Paisleymuster auf, das an den Rändern ausgefranst war. Selbst an den schönen Tagen, die noch so heiß waren, dass wir sie mit kurzen Ärmeln und wehenden Haaren durchkreuzten, vergaß sie nie, das Tuch zu tragen, das ihr ein buntes Versteck zu sein schien. Ich traute mich nicht zu fragen, wieso sie es trug.

Das Versteckspiel klärte sich bald. Eines Morgens, als wir an der Milchannahmestelle ankamen, wo wir die Kannen in eine Öffnung stellen mussten, um die Menge abzuwiegen, da verlangte ein kleiner Mann mit graubraunem Schnauzer Muttis Ausweis. *Routinekontrolle, ich weiß ja eh, wer Sie sind, aber Sie wissen ja.* Der Wind wehte so stark, dass sein Gesang selbst im Stehen zu hören war. Während Mutti in ihren Taschen nach dem Ausweis suchte, *ja ja, kein Problem. Ich hoffe, ich hab ihn dabei,* fuhr ein Luftstoß unters Kopftuch und trug es davon. Ich lief dem Tuch hinterher, doch es landete im Molkereigraben, der die Straße entlang in die Unkenntlichkeit führte. Das Paisleymuster hüpfte das Rinnsal entlang, als freute es sich über die nasse Begegnung. *Es ist weg, Mutti.* Mutti reagierte nicht. Sie schob ihren Ausweis zurück in die Tasche, nahm die leeren Kannen, in die der kleine Mann mit kleinen Händen Säckchen mit Medikamenten gestopft hatte, und trug sie zum Waffenradlsoso. *Bis morgen, Herr N!*

Auf dem Rückweg ist mir vieles klar geworden. Mutti befahl mir, hinter ihr zu fahren, und als sie sagte *Fahr hinter mir!* und sich dabei eine Haarsträhne aus dem Gesicht strich, die sich in ihrem Mund verfangen hatte und ihr ein haariges Lächeln aufmalte, da zitterte ihre knochige Hand. Wir traten ruhig in die Pedale, als würde das schnelle Pochen des Mutterherzens sich an den Rhythmus angleichen, als ein schwarzes Auto kam, eine Limousine, wie Mutti mich später aufklärte. Langsam zog sie an mir vorbei und ich traute mich nicht hineinzuschauen. Als das Auto auf der Höhe von Mutti war, begann ein oranges Warnlicht zu blinken und ich wusste von Vati, was das Warnlicht bedeutete, nämlich dass der Fahrer beschlossen hatte, selbst zu fahren. Mit blinkendem Licht fuhr er langsamer als Mutti und ließ sich zurückfallen, und da bekam ich zum ersten Mal, seit ich mich erinnern kann, richtig Angst, und wenn du richtig Angst hast, dann macht dich die Angst stocksteif und du reagierst nicht mehr und du denkst nicht mehr und alles flimmert.

Der Fahrer war auf meiner Höhe und ich konnte ihm durch die Scheibe in sein Gesicht schauen. Es war gebräunt mit schwarzen Bartstoppeln auf der unteren Hälfte und hob seine Augenbrauen, als es mich sah. *Schau ihn nicht an!* Seine Augen waren blassblau und durchsichtig, als könnte man das, was dahinter lag, auch sehen, wenn man gut genug hinschaute. Dann gab das Gesicht Gas und ließ mich hinter sich und die Angst wurde weniger, aber nur kurz, weil es an Mutti so nah heranfuhr, dass sein Rückspiegel Muttis Lenker berührte. Diese versuchte, im Gleichgewicht zu bleiben, doch sie stürzte mit den Kannen und dem Rad und Muttis ganzem feinen Körper in den Graben und der Schrei und das Bild und das Blut, das ihr aus der Nase lief, und ihre Haare und ihre zitternden Gelenke und die Gestalt der Mutti, die humpelnd und gebückt und ohne Würde still und lächelnd nach Hause marschierte, das Bild, das tut mir bis heute so weh, ich kann es gar nicht beschreiben.

24

Als Mutti und ich zur Mittagszeit mit Muttis kaputtem Rad und Nase ins Dorf humpelten, kam uns Irmis Mutti entgegen. Sie trug ein Büschel Strauchschnitt in der Hand, das wie eine Machete aussah, die sie bei unserem Anblick entwaffnend zu Boden fallen ließ. Ihre Augen waren ein leeres Glas, das sich mit Aufregung füllte und ihre Beine in Bewegung setzte. Sie stellte keine Fragen. Sie lief nicht auf uns zu, sondern rannte in Richtung Feuerwehrautohaus, das wenige Hundert Meter entfernt lag. Mutti und ich blieben vor der Strauchschnitt-Machete stehen und warteten. Wir hörten kurz darauf eine Sirene, die so laut war, dass wir beide mehrmals zusammenzuckten. Die Töne gruben sich in unsere Köpfe und dröhnten Tage danach noch in unseren Ohren.

Das stets verschlossene Tor zum Abstellplatz des Feuerwehrautohauses wurde aufgesprengt. Die Frau von Herrn Z fiel heraus. Der alte Notfallwagen schoss hinter ihr aus der Garage, verfehlte die Linkskurve, Rückwärtsgang, Rückwärtsgang, Sirene, Sirene, aufheulender Motor und da stand er, direkt vor uns. Mutti und ich vergaßen zu atmen. Die älteste Frau vom Ältestenrat hüpfte aus der Fahrerkabine. Schritte aus allen Himmelsrichtungen wurden lauter. Das Knirschen des Bodens unter den Sohlen, die Machete, die Schreie, das Blut, das sich über Muttis Gesicht verteilte, der heulende Motor des Notfallwagens, und das Letzte, an das ich mich erinnern kann, waren Muttis blutende Mundwinkel, die immer noch zitterten. *Bleib bei mir, Antonie, bleib bei mir!* Und sie streckte ihre zitternden Arme aus und nahm meine linke Hand, in der sie ihre Fingernägel so tief vergrub, dass ich mir auch noch Jahre später einbildete, die Abdrücke darauf sehen zu können.

25

Sie haben dir eine Sauerstoffmaske aufgesetzt. Das passiert mit dem Kreislauf in deinem Alter. Tiefes Einatmen. *Mach dir keine Sorgen, Muttis Nase wird gerichtet. Sie wird so schön bleiben, wie sie war.* Leise Schritte. Zehenspitzen im Nebenraum. *Schlaf weiter, es ist schon spät.* Eine sanfte Hand deckte mich mit einer kratzenden Wolldecke zu, die mich schonungslos in den Schlaf drückte. Kurz vor dem Einschlafen roch ich den frischen Knoblauch und das Brot und den sauren Weißweinessig und wusste, wo ich war.

Zwei Nächte und drei Tage blieb ich bei Hannah und Hannahs Mutter. Es gab Tomatenrisotto, Olivenpaste, Pesto aus einem Bitterkraut, das Hannahs Mutter mit selbst gemachten Eiernudeln servierte. Es gab violetten Salat mit blauem Käse und viel Knoblauch, den sie wie Parmesan über den Käse schnitt. Ich liebte Knoblauch, während Hannah das Gesicht verzog, auf ihr Endgerät starrte und ihr Desinteresse an mir zwischen uns stellte.

Hannah sprach nur mit mir, wenn ihre Mutter den Raum verließ, dann aber ohne Leerstelle, ohne Satzzeichen und ohne Zeilenabstand. Immer wieder kreiste der Buchstabenknäuel, den sie vor sich hertrug, um einen Neuen, einen Zugezogenen, der noch nicht lange im Dorf war. Er war vier Jahre älter als sie, *groß und er hat dunkles, glattes Haar.* Mir fiel auf, dass Hannah ihr Endgerät wie ein Abzeichen um ihren Körper trug. *Sein Name ist Bas.* Ich hatte ihn noch nie gesehen. Er ging nicht in die Schule, sondern studierte von zu Hause aus. *Er schnitzt gerne.* Hannah hatte eine Halskette von ihm bekommen. Stolz zeigte sie mir die Kette. Ein braunes Lederband mit einem kleinen Ast daran, der sich präzise in der Mitte gabelte. So präzise, dass er kaum als Ast zu erkennen war. Sprach sie über Bas und war ihre Mutter nicht im Raum, kam ein altes Hannah-Gefühl wieder, das sich schon lange verabschiedet hatte und das nur sie und ich teilten. Für einen kurzen Moment waren wir im Früher. An dem Ort, an den Vati sich sehnte. Und doch war es anders. Als hätte die Zeit uns das Lachen genommen, bewegten sich unsere Mundwinkel kaum. Ich konnte Hannahs Mitleid mir gegenüber nicht ausblenden. Ich schämte mich, ohne den Grund für meine Scham zu kennen. Die Scham aber blieb eine lange Zeit an meiner Seite und umarmte mich kalt und lieblos. Immer fester und fester drückte sie mich an sich, und als Vati zu Besuch kam, hinterließ sie kleine Beulen in meinen Lungenflügeln, sodass ich schnell und flach atmen musste. Vatis Gesicht war immer noch in Geschenkpapier gewickelt und glänzte. *Alles ist gut. Mach dir keine Sorgen, Marillchen!* Seine dicken, warmen Hände strichen mir über die Locken. *Was ist mit Mutti? Was hat sie? Was ist los?* Hannahs Mutter hatte Vati nicht in die Augen geschaut, als dieser gekommen war. Für sie war er nicht da und doch genug da, dass sie den Raum verließ, als er kam. Hannahs Pupillen folgten Vatis Bewegungen scharf, als dieser eintrat und ihr entgegenlächelte. Gesagt hatte aber auch sie nichts, als sie den Raum verließ. Mutti war am Tag des Unfalls vom Krankenhaus wiedergekommen. Man hatte ihre Nase zusammengesteckt und ihr gegen die Gehirnerschütterung Paracetamol verschrieben. *Was Sie brauchen, ist Ruhe.* Mutti lag ab da im Bett und schlief. *Es ist besser, wenn du noch hierbleibst, ein, zwei Tage. Mach dir keine Sorgen, Marillchen. So ein Unfall wird nicht mehr passieren, das war blöd und die*

Welt da draußen, die ist voller Neid auf uns und Neid ist gefährlich. Wieder strich mir Vati über den Kopf. Die Wärme seiner fleischigen Handflächen beruhigte mich und ich schloss die Augen und Vati fühlte sich für einen Moment ganz warm, wie Vati an.

26

Als Vati sein Erdäpfelpüree aß, konnte ich seine Zähne sehen. In sich versunken und über den Teller gebeugt drohte er dem sanften Püree, das sich seinem Schicksal selbstverständlich entgegentürmte, mit hungriger Gewalt. Es war Mittag und Vati hatte gekocht. Das Püree war wie ein sanfter Kontrast zu dem neuen Alltag, der so gegenwärtig war, dass er alles davor und danach in sich verschluckte. Ich war froh um das Püree und drückte es mit der Gabel auf meinem Teller. Ein zweiter Teller entstand, dessen Scherben ich nach und nach aufaß, während ich Vatis mechanische Bewegungen im Augenwinkel beobachtete. Als die blassblaue Küchenuhr die volle Stunde anzeigte, *Jetzt!* stand er auf, um nach Mutti zu sehen. *Er kümmert sich so liebevoll.* Was wie ein Akt der Liebe wirkte, war etwas anderes, das ich erst nach einiger Zeit verstand. Pünktlich zu jeder vollen Stunde ging er zu Mutti. *Brauchst du was? Kann ich dir was bringen?* Es war fast immer der gleiche Wortlaut, es war immer die linke Hand auf der Klinke, nie trat er ganz ins Zimmer, das nach Schweiß und Mensch und Mutti roch. Selten antwortete Mutti. Sie war nicht körperlich schwach. Es war der Kopf. *Der Kopf braucht viel Ruhe, fast noch mehr als der Körper. Weißt du, Marillchen?* Die Genauigkeit, mit der Vati sich um Mutti kümmerte, die stoischen vollen Stunden, deren Schlag mich heute noch an Vatis Liebe erinnert. Liebe, die, wie in einem perfiden Verwechslungsakt, durch mathematische Disziplin ausgetauscht worden war. Vati hatte es gar nicht bemerkt.

27

Ein kühler Wind zog an den hängenden Girlanden. Die langen Blätter der getrockneten Maiskolben, die wie goldene Lämpchen daran verknotet waren, tanzten drohend um die Dorfgesellschaft. Die Dörfler bewegten sich kaum. Ihre starren Körper nahmen immer gleiche Worte in ihre Münder, als wären sie außerordentlich schmackhafte Kuchenstücke. Der Unfall, der Notfallwagen, die Verordnungen, die Kampagnen und besonders den Gänsemord ließ man sich Stück für Stück auf der Zunge zergehen.

Es war der Abend des Erntedankfests. Ich beobachtete die Szenerie auf einem Baumstumpf sitzend, der das Ende des Geheimwegs markierte. Ich war zu alt für den Umzug der Kleinen, die ihre selbst gemachten Papplaternen Hand in Hand über den Dorfplatz trugen und sangen *Wir pflügen, und wir streuen den Samen auf das Land, doch Wachstum und Gedeihen steht in des Himmels Hand.* Die Münder der Kinder schmatzten vor Stolz zwischen den Zeilen. Sie kündigten das Ende des trockenen Herbstes und den Beginn eines herbstlichen Winters an. Gerne hätte ich mich zwischen sie gestellt und wäre untergegangen in den runden Formen ihrer Körper und Basteleien. Ich war nicht nur zu alt, sondern auch zu groß, aber nicht alt und groß genug, um mich den Erwachsenengesprächen anzuschließen, deren Münder in den Schlucken des süßen violetten Sturms einen Ausweg suchten. Hannah und ihre Freundinnen waren in den Wald verschwunden und ich war das einzige

Wesen, das weder Kind noch Erwachsene war. Ich hörte, wie zu Beginn des Abends zierlich die zitternden Kinderstimmen durch die Gespräche hallten und später verstummten, bis das Gerede der Erwachsenen, das der Alkohol aus ihnen drückte, übernahm.

Mutti wäre an dieser Stelle mit mir nach Hause gegangen. Sie hätte mein Zimmerfenster geschlossen, damit ich die Schreie nicht hören konnte, aber die Tür einen Spalt offen gelassen, damit nur die Ruhe der atmenden, denkenden und lesenden Mutti vom Wohnzimmer in mein Zimmer drang. Sie hätte mir *Morgen ist ein neuer, schöner Tag* zugeflüstert. Worte, die sie sich selbst sagte.

Aus Muttis Mund kam aber nur flacher, gleichmäßiger Atem, der sich nicht aus der Ruhe bringen ließ und ihr Zimmer nicht verließ. *Mutti braucht Zeit. Mutti braucht Ruhe.* Ich hatte ihre Abwesenheit mit der Aussicht auf ihre Genesung sehnsüchtig zu akzeptieren.

Nein, an diesem Abend nahm mich niemand an der Hand. Ich beobachtete das Erntedankfest, wie ein Tier, das nicht schön oder gefährlich genug war, um beachtet oder verstoßen zu werden. Die vielen neuen Dorfmenschen kamen und drehten sich und brachten enttäuschte Gesichter und Gesichter ohne Ausdruck.

Als hätte jemand um die Dörfler Watte gewickelt und noch mehr Watte in deren Münder gestopft, hallte an diesem Abend kein gurgelndes Gelächter in den Wald, keine klirrenden Gläser stießen ihre Bäuche übermütig aneinander, keine Hände streckten sich in kriegerischer Lust schreiend über die Köpfe. Der säuerliche Geruch des Alkohols, der von den Trinkenden ausging, vermischte sich nicht mit der Ausgelassenheit, sondern dem Ernst der Lage.

Ich fand Vati in der Mitte einer ihn bedrängenden Gruppe.

Links und rechts Line und Mike, die wie Jünger schützend um ihn standen und seinen Worten lauschten. Vati sprach vom wohlüberlegten, vom echten Leben. Vom Einklang mit der Natur und der Befriedigung, die im Verzicht lag. Er sprach vom Massensterben, vom Zusammenbrechen der Ökosysteme und davon, dass wir hier *das Richtige tun.* Dass wir *kein Modelldorf sind, sondern ein Vorbild, dem die Menschheit nachziehen wird.* Er sprach davon, dass wir alle, die dieses Dorf gewählt hatten, die *Avantgarde* waren. *Der entwickelte, wohlüberlegte Mensch.* Immer wieder grinste Vati in den Atempausen, als würden unter seinen gesprochenen Worten weitere Wörter liegen, die niemand hören konnte. Die Jünger Vatis hoben das Glas und ihre Blicke wurden groß.

Auch die Frauen des Ältestenrates hörten Vatis Worte. Sie zuckten in den Momenten des Zuprostens unschlüssig mit den Händen, die ihre Gläser umklammerten. Die Frau von Herrn Z verschüttete einen Teil des Sturms, der sich zartrosa an ihrem Hosenbein entlangschlängelte. Aus den fünf großen Augen der Damen, die Vati ohne zu blinzeln anstarrten, konnte man den stillen Rückzug ablesen.

Auch der Hackner und der Herbert hörten Vati zu. Sie saßen abseits auf einer Holzbank. Anfangs konnte ich nur den Hackner und eine lose Jacke erkennen, die neben dem Hackner in der Luft hing. Erst als sich der grasgrüne Stoff bewegte, wurde daraus ein Mann, den die Jacke zusammenzuhalten schien. Der Herbert war eigentlich ein breiter Mann gewesen, mit breiten Schultern und breiten Armen und so breiten Oberschenkeln, dass die Schenkel jeweils einen weiteren Menschen hätten ergeben können. Doch davon war an diesem Abend nichts übrig. Er hatte sich wie ein Schmetterling so weit zusammengefaltet, dass er als Herbert kaum noch erkennbar war. Die Baumwolljacke wirkte größer als er selbst. Er schaute auf, wenn jemand vorbeiging, und ich kannte den alten Herbert gut genug, um ihm ansehen zu können, dass er weg war.

Alle hätten es sehen müssen. Niemand schaute hin. Auch nicht die Susanna. Sie glaubte, wie Vati, daran, dass dem Modelldorf die Menschen nachziehen würden. Sie glaubte Vatis Worten und der Sinnhaftigkeit seiner Vision, zu oft war er bei ihr gesessen, zu oft hatte sie ihm Suppe und Brot vorgesetzt und ihm ab und zu in die Augen geschaut.

Eine große Gestalt schälte sich hinter mir aus der Dunkelheit. Ich erkannte sie, ohne sie jemals gesehen zu haben. Sie war schlank und hatte schwarzes Haar und um ihren Hals hing an einem dünnen Lederband ein gespaltener Ast, der meinen Blick aufs Neue zwischen seinen Astgabeln aufspießte.

Bas war bleich, hatte spitze Wangenknochen und tief liegende große Augen, die sich in dunklen Höhlen so schnell schlossen und öffneten, dass man genau hinschauen musste.

Du bist Antonie, oder? Ich bin Bas.

Ich weiß.

Eine ungewohnte, rote heiße Welle wurde mir ins Gesicht geschwemmt.

Von Hannah?

Ja.

Und, wie ist das Leben hier?

Bas' Mundwinkel bemühten sich, zu lächeln. Sie zuckten. Kleine Flügel, die seine Worte zitternd umrahmten. Während meine Knochen sich vor wenigen Minuten noch selbst bemitleidet hatten und meine heimlichen Faltübungen in dunkle Ecken verfluchten, hatten sie sich in wenigen Sekunden in Reih und Glied gestellt, anerkennend geräuspert und die Luft angehalten. Steif saß ich da und ließ den Schweiß meiner Hände in die raue Oberfläche des Baumstumpfes, auf dem ich saß, sickern. Trotz körperlicher Verwirrung dachte ich über Bas'

Frage nach. Das Leben war das Leben. Ich kannte kein anderes, das ich mit meinem hätte vergleichen können. Ich war in die Modell-Generation hineingeboren, wie sie Vati nannte. *Eine Modell-Generation, die den Begriff der Freiheit neu definieren wird. Eine Generation der wenigen, die das Wenige intensiv genießen und aus ihrer Natur heraus handeln wird.* Ich hörte die Ressler noch schreien. Lange war sie nicht mehr in Erscheinung getreten. Niemand beschwerte sich darüber und doch hatte sich ihr Anblick so tief in das kollektive Dorfgedächtnis eingegraben, dass man über sie dachte wie über eine Heilige, an die man nur widerwillig glaubte. Dass die neu Zugezogenen nicht die Ressler und ihre Ideen, sondern Vati und seine Ideen gut fanden und ihn statt der Ressler feierten, das war neu und befremdlich.

Du und ich, wir sind Teil der großen Hoffnung. Bas lächelte, immer noch mit zitternden Mundwinkeln, und in seinem Blick lag Vorsicht und in seiner Stimme Zynismus, aber das war mir damals noch nicht klar. Er roch nach Schafwolle und Zitronen, eine eigenartige Kombination. Wenn er sprach, konnte ich seinen Kehlkopf hüpfen sehen. Er hielt mir sein Glas Sturm vors Gesicht. *Trink!* Ich war mir nicht sicher, ob er einschätzen konnte, wie alt ich war, und dankte meinen Knochen, meinen Mitspielern, die nicht in sich zusammenfielen. Ich nahm das Glas und einen Schluck und überspielte alles, was dieser Schluck in mir auslöste, indem ich Bas' Blick mied und stattdessen das Fest beobachtete. Die Ersten fielen zu Boden und gaben aus Dankbarkeit und Selbstlosigkeit ruckartig und röchelnd alles her, was sie zu sich genommen hatten.

Der Alkohol und Bas brannten mir heiß durch die Glieder, und als ob mein erster Schluck Sturm nicht gereicht hätte, verriet mir Bas *Marillenschnaps ist auch drin. Selbst gebrannt.* Er zwinkerte und ich fing stolz einen Gedanken aus dem Dunst in meinem Kopf und darin, in dem Gedanken, hörte er nicht auf zu lächeln. Während ich mich bemühte, das Gleichgewicht auf dem Baumstamm nicht zu verlieren, sprach Bas von der Welt draußen. Er sprach von Architekten, die das Bauen verweigerten, von Schneidern, die keine Kleidung herstellen wollten, von der Gesellschaft, die keine Kinder bekommen wollte. Er sprach von Fortpflanzung als akzeptierter Grauzone, vom Kinderkriegen als destruktivem Unterfangen und benutzte Fremdwörter, die Erwachsene benutzten, die ich nickend und ratlos bejahte. Bas lachte über seine ernst gemeinten Scherze, die ich nicht verstand, doch ich beobachtete, dass das Mundwinkelzucken vorbei war. In seinem Blick lag eine Kampfeslust, die seine Augen in den dunklen Höhlen zu glühend weiß-schwarzen Punkten werden ließ. Und er beugte sich zu mir und schaute mir in die Augen, deren Pupillen in unterschiedliche Richtungen zeigen mussten. Dann stand er auf, lächelte und ging. Und in dem Moment, als er sich umdrehte, fiel ich vom Baumstamm.

28

Als Mutti in ihrem Nachthemd in die Küche trat, fühlte ich mich erwachsener als jemals zuvor. Ich stand mit dem Rücken zu ihr und höhlte die Gartenäpfel aus, wie sie es immer getan hatte. Dann ließ ich sie mit Kardamom und Zimt in ein Mus über dem Feuer zergehen. *Antonie, mir geht es besser.* Muttis Nachthemd, das ihr bis zu den Knöcheln hing, zitterte. Sie sah verändert aus. Ihre Augen waren größer und heller geworden, als hätte die Dunkelheit sie gebleicht. Ihr rundes Gesicht, das trotz ihrer schmalen Statur seine Form über die Jahre trotzig behalten hatte, gab nach und verlor seine Rundungen. An die Stelle der weichen Wangen waren kleine dunkle Mulden getreten. Während ich heißes Teewasser in eine Schale goss, beobachtete sie mich und musste nichts sagen. Sie und ich, wir wussten, dass das Leben ein anderes geworden war. Während sie schwächer wurde, wurde ich stärker und übernahm langsam die Handgriffe, die sie mir gegeben hatte.

Der heiße Dampf des Tees gab Muttis Gesicht einen gesunden Glanz und öffnete die kleine, verletzte Nase, deren Blut ihr aus den Nasenlöchern in den Mund geronnen war. Ihr verzweifeltes Lächeln wurde rosa gefärbt und wir beide lachten.

Er hat mich eingesperrt. Er hat mich eingesperrt. Das sagte sie in ernsten Momenten später öfter, so leise in sich hinein, dass nur ich es hören konnte, wenn ich mich von hinten an sie anschlich. Die geflüsterten Worte fraßen sich durch ihre Glieder und ihr Körper war voll damit.

An einem Herbsttag hörte ich Muttis schnelles Atmen im Wohnzimmer, wo sie tagsüber lag und aus dem Fenster schaute. Sie atmete so schnell und tief, dass ich dachte, sie träume schlecht. Ich wollte sie wecken. Muttis Schnaufen aber kam nicht aus dem Schlaf. Vati stand vor ihr. Niemand sprach. Ihre Blicke bohrten sich von Pupille zu Pupille. Aus dem Nichts schlug sie ihn mit der flachen Hand. Sie holte aus. Vati hatte sie kommen sehen, aber er bewegte sich nicht. Ihre kalte, schwache, trockene Hand demütigte Vatis Backe, und ohne eine Reaktion zu erwarten, drehte sie sich um und trat ans Fenster. Draußen dämmerte es bereits. Das Lachen der Bewohner hätte die hereinkriechende Nacht brechen können. Es hätte in die Poren der Wände unseres Hauses dringen können und es hell werden lassen, wie so oft in der Dunkelheit. Aber das Dorf war, wie Mutti, ruhiggestellt.

Vati versteckte seine Hand hinter dem Rücken. Sie zitterte und faltete sich zur Faust, als wollte sie sich selbst umklammern.

29

Als ich über seltene Wasserfrösche und über den vermeintlich letzten noch überlebenden Sehuencas-Wasserfrosch namens Romeo, der in einem Aquarium alleine herumdümpelte, las, läutete es an der Tür. Es war spätabends und Vati hatte mit mir einen langen Spaziergang gemacht, der uns an den Rand des Nachbardorfs geführt hatte, das er nie betrat. Er zog seine Kapuze in die Stirn, als wir am Waldrand ankamen.

Vati und ich hatten aufgehört, miteinander zu reden. Das Dorf, die Arbeit als Werbeleiter und *Dorfoberhaupt*, die tägliche Milchabfuhr, die nun er verrichtete, und die Arbeiten auf dem Hof forderten ihn zusehends, seit Mutti *verwirrt* war und er ihren Teil der Arbeit übernommen hatte. Er saß nur noch selten auf der grünen Bank und erzählte von den Fäden in seinem Kopf. Sein Geist hatte sich in seinem Kopf versteckt. Er wollte alleine sein und alleine seine Runden drehen, die keine Worte brauchten. Wenn er den Mund öffnete, sprach er nur noch in Projekten und Schritten und Phasen. Er erzählte davon, dass sich das Dorf für Touristen öffnen würde. Dass das mangelnde Geld uns dazu zwang.

Vati hatte dank der erfolgreichen Kampagnen, die *viele zum Umdenken gebracht haben*, Aufwind bekommen, das erzählte Line, wenn sie mir auf ihre mütterliche Art die Lage zu erklären versuchte, während sie meine geistige Kapazität unterschätzte und mit mir wie mit einem Kleinkind sprach. Und das alles nur, weil mein Brustansatz nur bei genauem Hinsehen zu erkennen war.

Line und Mike hatten sich die Aufgabe verordnet, den gespaltenen Teil der Dörfler, die mit Vatis Mission nichts anzufangen wussten, zu missionieren. Aus logistischen Gründen hatte Line bei der Erika angefangen, die im Nebenhaus wohnte. Erika schimpfte laut über die Pläne Vatis und auf Vati selbst. Sie hatte keine Scheu, ihre Worte dahin zu tragen, wo sie nicht sein sollten. Sie war eine der Ältesten im Dorf und hatte nichts zu verlieren.

Line, die es aus Lines Sicht gar nicht gab, hatte mit Erikas *dreckiger Schnauze* nicht gerechnet. Erika waren alle Mittel recht. Sie bombardierte Line mit Wörtern, dass diese einen körperlichen Schmerz davontrug. *Unterdrücken tut er uns! Zukunft bah!* Erika war fünfundachtzig. In Vatis Modelldorf-Konzept war für ältere Menschen kein Ruhestand vorgesehen. Erika war körperlich noch fit und sie arbeitete gerne, weil sie es immer getan hatte. Ihr Leben war ein rollendes Wechselspiel aus Arbeit und Schlaf gewesen. Am Schreibtisch hatte sie gearbeitet und auf dem Feld und am liebsten im Garten, dort zog sie das Gemüse ihrer Kindheit. Käferbohnen, Majoran, Liebstöckel und Rhabarber, den sie Kindern mit einer Zuckerdose über den Gartenzaun reichte.

In der Sekunde, in der Erika ihren Ruhestand ausrufen wollte, verkündete Vati die neuen Modelldorf-Regeln. Damit nahm er ihr zwar theoretisch den Ruhestand, gab ihr aber etwas, gegen das sie geifern konnte, und das war für Erika wie heißes Duschwasser im Nacken. Ein fluchender Segen.

Line lief wenige Minuten, nachdem sie bei Erika zur Tür hinein verschwunden war, zitternd über den Hof zurück und blieb drei Tage in dem Stallanbau.

Bas hatte geläutet. Ich öffnete die Tür und sah seine große Gestalt in der Dämmerung. Nur die Hälfte seiner Mundwinkel lächelte und verzog sein Gesicht. *Ich habe gehofft, du machst auf. Schau, ich habe ein Geschenk für dich.* Eine große braune Schachtel mit einer Kordel darum verdeckte seine Schuhe. Er hob sie auf und drückte mir die schwere Schachtel schadenfroh in die Bauchgegend, dass ich sie auf meine Hüftknochen stützen musste, um sie nicht fallen zu lassen.

Daran habe ich gebastelt und dachte, du freust dich, sagte er und lachte, während er immer wieder zur Tür hereinschaute und nervös auf etwas zu warten schien. Seine Geste verwirrte mich und ich hatte Angst, er mache sich einen Spaß aus mir. Vorsichtig und mit spitzen Fingern öffnete ich sie, als könnte mich ihr Inhalt auffressen. Im Karton befand sich eine Box, in der unterschiedliche Holzstücke perfekt eingefasst waren. *Leer sie aus, komm!* Bas' Mund lächelte immer noch halb. Ich hatte keine Ahnung, was die Klötze sollten. *Damit kannst du üben, eine Mauer ohne Mörtel zu bauen. Die Technik ist alt. Es funktioniert,* und er nahm die Box und leerte sie in den Hausflur. Es waren fünfzig Steine. Ich zählte sie später. Das Klackern der Steine, ein ungewohntes Geräusch, lockte Vati. Bas und Vati hatten sich noch kein Hallo geschenkt und doch hatte Bas keine Angst, ihm zu erklären, warum seine Tochter ihre Füße in Holzklötzen vergrub. *Ich habe Ihrer Tochter ein Geschenk gemacht. Grüß Gott!* Das letzte Wort, das schrie er aufgeregt, und als Vati seine müden Augen zusammenkniff, war Bas schon aus der Tür. *Bis bald, Antonie!* Den Abend über versuchte ich die Holzsteine in die Box und meine Gedanken in Bahnen zu ordnen und obwohl die einzelnen Steine sich so weich gewachst anfühlten und Bas sich Mühe gegeben haben musste, spürte ich, dass das Geschenk nicht nur eine liebevolle Geste war.

Bas' Wege und meine Wege, die meist ohne Ziel waren, kreuzten sich so oft, dass es nicht zufällig sein konnte. Er suchte die

Plätze und Winkel im Dorf auf, an denen ich las, mit dem Rad fuhr, von Herrn Zs Schulstallanbau nach Hause ging. Immer hatte er eine Spule an Themen dabei, in die er mich einwickelte, oft ging es um Vati und die Zukunft und immer fühlte ich mich beobachtet und nervös und besonders leicht, wenn ich ihn sah. Sein Geschenk hatte ich fast vergessen und als es mir einfiel, traute ich mich nicht, ihn danach zu fragen.

Die vielen Fragen über Vati und das Dorf, die aus dem Dunkel seines Kopfes kamen, ordnete ich erst als Neugier und Interesse ein, bis sie so vielzählig wurden, dass es unmöglich war, einen Platz für sie zu finden. Während ich mir Worte aus Vatis Mund zusammensteckte und mich mit jedem neuen Wort, über das Bas nicht lachte, erwachsener fühlte, glaubte ich tatsächlich zu wachsen und meine Knochen zu hören, wie sie sich dehnten. Ich sah mir beim Wachsen zu, während mein Körper so wach war, dass alle Poren geöffnet, meine Hände feucht und meine Lippen trocken waren. Obwohl der Zustand meines Körpers kaum auszuhalten war, freute sich meine gesamte Hautoberfläche und alles, was direkt darunter lag, über seine Augen, seine blasse Haut und die Art, wie er sich mit der rechten Hand durch sein Haar strich. Ich hoffte, Vati sah mich nicht, wenn ich mit rotem Gesicht neben Bas entlangging und ihn von der Seite beobachtete. Besonders dann hoffte ich, dass mich niemand sah. Bas rauchte ab und zu, wenn wir alleine im Wald spazierten und ich nach seltenen Pilzen Ausschau hielt. Rauchen war ein strenger Regelverstoß in unserem Dorf, doch für Bas waren Regeln nicht dasselbe wie für mich und so roch ich Bas' Zigarettenrauch, der anders als Vatis süß und rau war. Er hatte eine besonders weiße Farbe und besonders runde Form, die man zwar schnell mit den Händen teilen konnte, doch selbst wenn man sich Mühe gab im Zerteilen, ließ der Rauch sich nicht aus der Ruhe bringen. Atmete ich ihn zu tief ein, dann husteten meine Lungenflügel. Die Kapillaren wehrten sich gegen den Regelverstoß.

Mit dem Zigarettenrauch wusste ich nichts anzufangen, außer dass er sich in meinem Haar verfing und sichtbar gewordene Atemluft von Bas war, die ich mit nach Hause nahm und in mein Zimmer einschloss, damit sie dort mein Geheimnis blieb.

30

Der folgende Winter war so in sich gekehrt und ruhig, dass wir den Tod der Erika erst bemerkten, als diese auf den Dorffriedhof getragen wurde.

Erika hatte sich ihren Platz dort schon vor langer Zeit reserviert, als der Friedhofsverantwortliche noch Grabplätze verteilte. Es gab damals noch Ruhestand und der alte Mann wollte sich zur Ruhe setzen und das Geld der zukünftigen Toten sollte ihm die ruhigen Tage verschönern. Erika schlug zu. Ihr Mann lag dort schon. *Oskar, hic requiescit in pace.* Der Zugang zum Friedhof war verwachsen und nach den seltenen Regenfällen meist verschlammt, was aber nur im Hochsommer vorkam, wenn die kleinen Tropfen das Land fluteten und die Gräber aufschwemmten, was Erika nicht davon abhielt, ihren Oskar zu besuchen.

Ein Haufen Kraut und Rüben ist das dort nur noch. Niemand kümmerte sich um den kleinen Platz, der von einer grauen steinernen Mauer eingekreist wurde. Die Toten waren guter Dünger. Die Blumen dort wuchsen so bunt, dass der Friedhof jeden Frühsommer ein einsames Fest feierte.

Einmal, während der Regenfälle, fand man die Erika am Friedhofseingang zwischen den Büschen im Schlamm liegen. Sie war ausgerutscht, wie alte Menschen ausrutschen. Der Schlamm hatte keine Angst vor Erikas Schreien und drängte in ihre Öffnungen. Ein Mann hatte sie gesehen und sich über sie gebeugt. Das erzählte sie später. *Geschnauft hat er sehr laut und dann ist er wieder gegangen.* Er hatte sie liegen gelassen wie eine *angeschwemmte Wachsleiche.* Hätte ein Zugezogener sie nicht aus dem Dreck gegraben, dann wäre sie kostenlos am Eingang, am besten Platz, unter die Erde gespült worden.

Erika glaubte zu wissen, wer sie sterben sehen wollte, und obwohl sie ihn nie direkt anklagte, grüßte sie Vati jedes Mal schadenfroh mit *Ja, ich bin immer noch da.*

Im Dorf war der Tod ein anderer geworden. Die Lebenden interessierten sich nicht mehr für Friedhöfe. Der Gedanke, in einer Holzbox zu vermodern, gefiel ihnen nicht.

Lange Zeit war die Baumbestattung im Trend. Den Baum konnte man sich aussuchen. Es gab Einzelbäume, Partnerbäume, Familienbäume oder Gemeinschaftsbäume, wobei die meisten sich für den Einzelbaum entschieden.

Jedoch wollten die Dörfler irgendwann nicht mehr eingeäschert werden. Sie entschieden sich für die *natürlichste Form der Verwesung. Zerfressen werden*, nannte der Kloane die Bestattung, da es ihm an Worten fehlte. Der häufig geäußerte Wunsch, *zerfressen* zu werden, stellte das Dorf vor Herausforderungen. Man konnte die toten Körper nicht im Dorf lagern. Sie lockten Waldtiere an, und der Geruch der sich verflüssigenden Gedärme hätte zu weiteren Beschwerden geführt. Also suchte man tief im Wald einen Platz, der dem Nichts so nahekam, dass ihn außer dem Kloanen und seinem Kindergartenfreund niemand kannte.

Die beiden trugen die Toten über Stunden an den geheimen Ort. Das Tragen und das Wiederfinden des *Nichts*, wie die beiden diesen Ort nannten, stellten sie stolz in Rechnung. *Du kommst aus dem Nichts und gehst ins Nichts zurück,* stand auf dem kleinen Flugblatt, das der Kloane im Dorf austeilte, nachdem ihn ein Dörfler darauf aufmerksam gemacht hatte, dass zerfressen ein abschreckendes Wort war und sein Geschäft nicht voranbringen würde. Der Kloane versicherte, dass das Nichts so gut gelegen und weit weg war, dass niemand es je finden würde. Doch Mutti und ich rochen den schnappenden Todesgeruch aus dem Wald, der an heißen Tagen zwischen den Baumstämmen hervorkroch und in unseren Nasen stecken blieb. Man konnte noch so oft ruckartig ausatmen, er war immer noch da.

Der Tag, an dem Erikas Beerdigung stattfand, war dunkelbraun. Es war so still, dass man in den ersten Sekunden des Erwachens glaubte, taub zu sein. Kein Vogel, kein Handgriff, kein Wort drang durch den toten, zähen Morgen.

Vati und Mutti gingen nicht auf die Beerdigung. *Erika hätte das nicht gewollt.* Ich beobachtete die schwarze Menschenschlange aus der Ferne, wie sie sich klagend durch das Dorf zog. Geduckte Häupter und hängende Gesichter ordneten sich der Farbe ihrer Kleidung ängstlich unter. Sie zogen schwere Wörter mit sich, die eine Schleifspur auf dem Kopfsteinpflaster hinterlassen würden, was sie in der Sonne besonders schön glänzend machte.

An diesem milden, dunklen Tag nahm mich Mutti in den Arm. Sie hatte den Tiefpunkt gespürt, und vielleicht hatte er sich ihr auch genau an diesem Tag gezeigt. Am Abend war der Tiefpunkt aber so blass geworden, dass sie durch ihn durchschauen konnte und erleichtert war. Sie lächelte und ich hatte vergessen, wie schön sie aussehen konnte. Ihre Arme und ihr Körper waren warm und lebendig. Das neue Leben in ihr hatte mir etwas zu sagen. Ich spürte es in ihrem schnellen Atem, der meinen Scheitel traf, doch blieb sie stumm und schaute mit Farbe im Gesicht aus dem Fenster in die Landschaft aus stillem Braun.

31

Der Frühling kam an den ersten Februartagen. Vati und Mutti saßen wieder regelmäßig gemeinsam am Tisch. Mutti gab sich Mühe, die Bewegungen ihres früheren Selbst zu imitieren. Vati schien beruhigt zu sein. Er selbst bemühte sich nicht, der Alte zu werden. Er spielte nicht mehr Gitarre, er lachte, er redete nicht mehr auf der grünen Bank am Hauseingang. All seine Worte hatte er in den Kampagnen verstreut, in die Einführungsveranstaltungen geschrien oder an Line und Mike verteilt. Für uns blieb keines übrig.

Ich wachte im Dunklen auf. Gleichmäßige Schritte knarzten vor dem Haus im Rhythmus meines Herzens, das, wie die Schritte auch, immer wieder stehen blieb. Durch das kleine Zimmerfenster neben meinem Bett konnte ich eine schwarze große Gestalt erkennen. Sie zog und rüttelte an der Tür. Erst vorsichtig, dann gewaltsam, dann nichts. Die Stille im Haus blieb hinter ihren Türen verschlossen.

Die Gestalt war zu kräftig, um Bas zu sein, dessen Wut ich viel zugetraut hätte. Bas' Wut, die wie von Ameisen Stück für Stück auf zarten Panzern zusammengetragen wurde, seit er ins Dorf gekommen war, ergaben mittlerweile einen Turm, an dem er sich abarbeitete und der seine Augen und seinen Mund zu Schlitzen werden ließ. *Die Dorfillusion führt das einzige Ziel, das wir Menschen haben sollten, ad absurdum.* Klimaneutralität war der Anstrich für die Unterdrückung, die Einreihung, den

Gleichschritt, der in seinem Trommelfell schmerzte wie ein entglittenes Ohrenstäbchen, das es punktierte.

Vati war der Sündenbock, Vati war der Schuldige, Vati war der Oppressor, mit zwei Gesichtern. Ich war seine informationslose Informantin, die trotz wachen, schwitzenden Körpers müde wurde, Bas das Gesicht Vatis zu erklären, das hinter buntem Geschenkpapier klebte und ausdruckslos für mich war. Immer wieder warf Bas Steinchen an die Fenster des Waldrandhauses, wissentlich, dass er Vati damit provozierte, und immer wieder musste ich Vati Rede und Antwort stehen, während dieser schwieg.

Bas' Wut wurde sichtbar, selbst wenn man die Augen schloss. Schnitt er sich an einem scharfen Stein im Flussbett, schrie er vor Wut, hüpfte seine Fahrradkette davon, bekam er keine Antwort, fragte die kleine Irmi zu viel, schaute ihn der Kloane aus seinem braunen Gesicht heraus zu lange an, sah er eine Bäuerin hustend am Acker stehen, machte er einen Fehler beim Schnitzen, schrie und schlug er um sich. Niemand zeigte diese Wut so offen wie Bas. *Die anderen sind, wie ich, voll mit Wut,* sagte Bas, *aber sie machen ihren Mund nicht auf. Sie glauben, dass das, was in ihnen wohnt, ein Fremdkörper ist. Sie haben Angst, wenn sie den Mund zu weit aufmachen, dass man das dunkle Tier in ihnen sehen könnte. Daher verschließen sie ihn fest und sperren ihr Kiefer zu, so weit, dass gerade noch der Wein durchkommt.*

Bas, der wenig von körperlicher Arbeit verstand, glaubte, sich für den hiesigen Teil der Dörfler einsetzen zu können. Sein junger Körper wollte sich mit ihnen auf die knarzende Stufe stellen, auf der sie zitternd standen und das Darunter, nicht aber das Darüber sehen konnten. Vatis neue Welt war in Bas' Augen fehlgeleitet. Der Vorfall mit Irmis Mutti gab ihm in seinen Augen recht. Sie war bei der Maisaussaat von einem Staubsturm überrascht worden, mit dem niemand gerechnet hatte. Der Boden war so trocken gewesen, dass sie minutenlang blind und atemlos durch den Sturm gelaufen war und der Sand sich über ihre Lungen in den ganzen Körper hineinverteilte. In Bas' Augen war es Vati, der die Dörfler in den Dreck schickte und zum Lächeln zwang. Dann nahm er Anlauf und schnitt sich mit seinem Taschenmesser tief in den großen Zeh.

Die neuen Touristen brachten zwar Geld, doch als sie kamen, schnürte man den Riemen des Modelldorf-Konzepts weiter zu. Den Fremden sollte das einfache Leben auf der Zunge zergehen.

Während die Mutter von der Irmi im Staub verreckt, sitzen die Zugezogenen in der Heimarbeit mit ihren Endgeräten in dunklen, kühlen Räumen. Im Wald war es still und ich hörte ein Ungetüm an Bas' Rippen klopfen.

Bas hatte die Wahl gehabt. Er war alt genug gewesen, um zu entscheiden, ob er in der Stadt oder im Modelldorf leben wollte. Seine Eltern Laura und Nathalie waren vor einem Jahr ins Dorf gekommen und er mit ihnen. *Wenn man hier lebt, demaskiert sich das Modelldorf auf das lose Knochengerüst einer schlechten Idee. Ein Zirkus, in dem wir die Augen verschließen müssen und uns anmalen, und anstatt zu jonglieren, hungern wir und essen Kraut.* So fasste er das Leben, meine einzige Realität, zusammen. Bas' Wut und damit das Ungetüm wurde größer und stärker. Irgendwann drückte es auf seinen Kehlkopf und ließ nur einsilbige Worte durch. Die Zeit der Argumente war vorbei.

Die dunkle Gestalt, die unser Haus umrundete und immer wieder stehen blieb in einer Mischung aus kraftloser Angriffslust, hatte es sich anders überlegt. Sie hatte sich lauernd mit dem Schwarz des Waldes vermischt.

32

An dem Tag, an dem die Susanna vom gemeinsamen Hof zog und den Peter mitnahm, trugen ihre Finger dicke schwere Krusten, die ihre Arme hängen ließen und ihren schmalen Rücken krumm machten. Sie war so dünn geworden, dass sich ihre Wirbelsäule reptilienartig durch die blaue Schürze drückte und als kleine Hügel auf dem runden Rücken zu erkennen gab. Susanna hatte sich für ihren Umzug den schönsten, glücklichsten Frühlingstag ausgesucht, sodass niemand im Dorf ihr Unglück ahnen sollte. Selbst dann nicht, als die Frühlingstage grau und körnig wurden. Dann hatte man den Grund für Susannas Auszug im Dorf bereits besprochen und das, was man sich erzählte, wurde so oft erzählt, dass es zur Wahrheit geworden war.

Ich beobachtete den Auszug, als ich morgens über den Geheimweg, an Erikas Haus vorbei, in den Schulstall ging. Mit einem Fuß kickte Susanna eine braune Ledertasche zur Tür hinein. Sie wäre nach hinten umgekippt, hätte die schwere, halb geöffnete Eichentür ihren krummen Körper nicht im letzten Moment mit ihrem stumpfen Türgriff aufgefangen. Susanna hörte mich nicht, als ich an ihr vorbeiging. *Hallo, Frau Susanna!*

Aus den Ritzen des Dorfes zischte es, dass ihr Auszug mit Vati zu tun habe. Dass er ihr *das Blaue vom Himmel verspricht und der Herbert mit dem Gänsemord nicht fertig wird und alle im Dorf des Mordes beschuldigt,* sogar den Hackner.

Dem Hackner tat der Herbert'sche Verdacht, der diesem bei einem Bier aus dem Mund geschäumt war, so weh, dass der feine, weiche Hackner dem Herbert die flache Hand zeigte und dieser mit grauen Augen gegen einen Metallschrank krachte. Die Gehirnerschütterung schlief er tagelang aus, doch das bemerkte niemand. Seit der Hackner sich vom Herbert abgewendet hatte, war der Herbert nicht nur ohne Gänseschar und ohne Susanna und ohne Peter, sondern ohne alles, und das war mehr als das, was er besaß.

Die Susanna schaute pflichtbewusst in genau geplanten Abständen vorbei und kontrollierte, ob ihr Ehemann noch atmete, indem sie ihm eine Hand vor den Mund hielt. Sie besuchte ihn, bis zu dem Tag, an dem der Herbert schreiend in die Küche gelaufen kam, in der die Susanna Gläser sortierte. *Wann verschwindest du endlich? Wann gehst zum Obrigen?*

Sie sagte nichts und gab sonst auch kein Zeichen von sich, sondern stellte die dünnen Gläser mit ihren langen Hälsen zurück in den Glaskasten, wo sie das polierte Glas ein letztes Mal zufrieden betrachtete und ihren krummen Rücken streckte, bevor sie für immer vom Hof ging.

Peter fand später Worte in sich, deren Dunkelheit die kleine Irmi zum Weinen brachte. Wenn er mich sah, rannte er in die dunkle Ecke in seinem Kopf, die mit jedem Wort größer wurde. Peter gab Vati die Schuld. Vati hatte seiner Mutter von der schönen, neuen Welt erzählt, dort am Tisch. Wenn der junge Peterkörper zu schreien begann, sagten alle nichts. Herr Z schwieg. Die Frau von Herrn Z schwieg. Die Frauen des Ältestenrates schwiegen. Der Hackner schwieg. Das Dorf verkeilte seinen Mund. Die Musilch wurde eingestellt. Einzig die Irmi plärrte dann auch.

33

In die braune Decke, die sich über das Dorf gelegt hatte, wurden mit spitzen, zwitschernden Vogelschnäbeln große Löcher gestochen, durch die sich feuchte, lebendige Gräser streckten. Der Frühling war so da wie schon lange niemand mehr im Dorf. Verletzte man sich in dieser Zeit, ohne Absicht, dann spritzte das neue Leben aus einem heraus wie die Milch aus dem Mais im Spätsommer.

Hannah verführte eine schmale Gestalt, die ich nur von Weitem kannte, in der Nähe des alten Brunnens. Sie und der fremde, fragile Körper pressten ihre Münder aufeinander und zeigten ihre Zähne, während sie sich auf die harte Erde fallen ließen. *So ein Glück hat man lange nicht mehr gesehen,* sagten die Dörfler, mit starren Augen. Auch Bas' dunkle Pupillen blieben an ihr hängen. Ich konnte die Überraschung in seinem steinernen Gesicht sehen, als er ihre frühlingserwachte Gestalt beobachtete.

Hannah hatte Bas aus der Ferne entdeckt. Ihr gläserner Blick wanderte wieder und wieder zu ihm, während er sich keine Mühe gab, seinen vor ihr zu verstecken.

Hannah schien mich nicht zu bemerken. Sie hatte mich aus ihrem Blickfeld gelöscht.

Sie werden das Gemüse in eurem Garten vergiften. Bas zischte und ich sah seine Zunge, die gespalten war und immer wieder über seine rissigen Lippen leckte.

Was?

Euer Garten wird vergiftet. Sie schütten was auf euer Gemüse.

Bas' Blick riss sich los und sein Gesicht kam nah an meines.

Ich sag es dir, weil du mir wichtig bist. Und es ist nicht richtig.

Woher weißt du das? WER sind SIE? Bas!

Bas' Blick verfing sich für einen Moment in den Wolken, als hätte seine Seele eine Eingebung gehabt.

Das ändert nichts. Dein Vater bleibt das Problem. Er ist besessen. Besessene zerstören die Welt.

Bas warf ein Büschel Gras auf den Dorfplatz, das er zuvor am Wegrand abgerissen hatte, und trat mit seinem Schuh drauf. Ein frischer grüner Fleck glänzte auf den spitzen Schottersteinen.

Nie in meinem Leben rannte ich so schnell wie damals. Auf dem Weg hoffte ich, im alten Gemäuer der Häuser, das an mir vorbeizog, die richtigen Worte finden zu können. Ich hoffte, in den wenigen Minuten würde mir eine Erklärung einfallen. Eine Anleitung, wie man Vati, wie man Mutti beibringen könnte, dass ihr geliebter Garten und das Frühlingsgemüse darin uns alle verderben würden, damit unser Schmerz Vati eine Lektion erteilte. Doch die Gemäuer blieben wortlos und mein Kopf leer, während mein Körper um sein Leben rannte. In meiner Unwissenheit holte ich eine Hacke aus dem Keller und schlug mit einer Kraft auf die Kohlköpfe, dass diese in alle Richtungen kleine Geschosse bildeten. Ich schlug den Wintersalat, die jungen Radieschen, den schwarzen Rettich, die zierlichen Spargelspitzen so klein, dass niemand mehr auf eine appetitliche Idee kommen konnte. Ich war bereit, alles auf mich zu nehmen, sogar als Mutti weinend vor dem Garten stand und ihr Blick den tiefen Kummer heraufspülte, den sie mühsam verstecken wollte. Selbst als Vati und Mutti mich in die Einsamkeit meines Zimmers sperrten, das ich nur gegen eine Erklärung hätte verlassen dürfen, sagte ich nichts.

34

Die Touristen kamen mit Augen. Sie fotografierten Vati von hinten, Vati, wie er auf Dinge zeigte, Vati, wie er nichts sagte, Vati, wie er sprach. *Hatha, Yin und Jivamukti Yoga gibt es und Waldbaden und psychische Betreuung, alles wöchentlich bis täglich, alles mit Menschen aus dem Dorf.* Sie fotografierten Bienenstöcke, Bohnennetze, Frühlingskatzen, Blumenwiesen, den Hackner von hinten, wie er Saat säte, Irmis Mutti von vorn, wie sie die Felder goss, und mich, wie ich mit einem Buch auf dem Baumstumpf saß und nicht las, sondern die Augen beobachtete, wie sie mich beobachteten, ohne Scheu, weil sie Eintritt bezahlten.

Menschen, die auf Bänken saßen und in die Ferne schauten, waren ein beliebtes Motiv der fremden Augen. Es wurde so häufig angefragt, dass die Frau Erich eine sitzende Holzfigur zu schnitzen begann, die das neue Wahrzeichen des Dorfes werden sollte. Die Figur wurde auf eine Bank gesetzt, die auf einem kleinen Hügel stand, der über das Dorf schaute.

Trotz Holzfigur fragten die Augen unvergesslich nach der *Frau auf dem Rad. Die von der Werbung.* Mutti zu überreden, auf dem Waffenradlsoso zu fahren, wenn Fremde durch das Dorf marschierten, versuchte Vati erst gar nicht. Stattdessen fuhren Line und Mike wenige Male von Erikas Stall zum Dorfplatz und drehten dort Runden. Als sie niemand fotografierte, ließ man es sein. Die Dorfführungen begannen am Anfang und am Ende des Dorfes, bei den Dorfschildern, wo Vati ausholte und seine langen Arme wie Flügel durch die Luft flatterten. Er erklärte den Augen die Verhaltensregeln und ließ seine Bewohner zu Ausstellungsstücken werden. Seine Zähne glänzten im Sommerlicht, seine Haut hatte eine gesunde Bräune und die Augen waren sich sicher, Vati würde lange leben. Am Ende der Führungen hatten die Dörfler auf einem *Handwerksmarkt* die *Option,* ihre Produkte und ihr Handwerk teuer zu verkaufen. Die *Option* war in Wirklichkeit eine Notwendigkeit für die Dörfler und so überlebensnotwendig, dass selbst fiebernde, angeschlagene Dörfler für die Dauer des Marktes krankhaft gesund aussahen.

Die Augen wurden größer und kauften Weidenkörbe, die sie mit Produkten füllten, die für etwas standen, das sie nicht in Worte fassen konnten.

Die guten Geschäfte machten die Dörfler für einen Atemzug zufrieden. Das liebe Geld ließ das liebe Dorf näher zusammenstehen. Trotz der Unstimmigkeiten wurde wieder geredet. Abends standen noch ein paar auf dem Dorfplatz, die sich über die Touristeneinnahmen freuten und gegenseitig anerkennend auf die Schulter klopften. Fast war es im Dorf wie zu Marillchen-Tagen, die noch nicht so lange zurücklagen, wie die kollektive Wahrheit es vermuten ließ. Und doch hatte sich vieles verändert. Seit dem Gartenunfall sprachen Vati und Mutti nur das Nötigste miteinander. Mutti ahnte, dass das, was ich mit ihrem geliebten Garten gemacht hatte, mit Vati zu tun hatte.

Vatis Gesicht ließ keine Regung zu. Wortfetzen über Susanna und Vati hingen zwischen den Mauersteinen, an Gartenzäunen, auf Ästen von Bäumen. Sie schmückten das ganze Dorf und waren unübersehbar. Den Herbert aber hatte man schon lange nicht mehr gesehen. Die Tür zum Herberthaus war so verschlossen, dass die beiden Flügeltüren wie eine verheilende Wunde zusammenzuwachsen schienen und der Herbert das schwache Herz des Herberthauses bildete.

Immer wieder beobachtete ich des Nachts die dunkle Gestalt, die wie ein Geier um unser Waldrandhaus strich und sich mit jedem Schritt die Ecken, die Töpfe, die Stühle, die Holzscheite besser einzuprägen schien. Ich zählte die immer gleiche Anzahl an Streifzügen, deren Regelmäßigkeit mir das selten warme Gefühl gab, beschützt zu werden.

Ich war schon am Fensterbrett eingeschlafen, als die Gestalt ihren Tanz beendete und eine wortlose Erinnerung aussprach, die das Waldrandhaus verwundete.

Blut klebte am nächsten Morgen an den Glasstacheln, die sich dem Loch in unserem Küchenfenster entgegenstreckten. Es roch nach Hilflosigkeit. Die Stille zog herein und stellte die feinen Härchen auf unseren Wangen auf. Das Loch im Fenster war eine Warnung, die *Warnung war zu ignorieren.*

Vati bestellte mit der nächsten Milchlieferung einen heulenden Bewegungsmelder. Trotz Geheule, das einen Schutzschild um das Waldrandhaus bilden sollte, lag die Dunkelheit auf der Lauer.

35

Du! Ich las ein Buch über Baumwurzeln, das ich in Vatis Bibliothek gefunden hatte. Ich war vertieft in das Flachwurzelsystem der seltenen Fichte, als sich ein fremdes Gesicht zwischen mich und die Wurzeln klemmte. *Du! Verstehst du mich?* Die Sonne schien der Gestalt in den Rücken und warf mich blinzelnd in den Schatten.

Ich hatte die Gestalt noch nie gesehen. Ihre Beine waren dünn und hatten die Form eines X, an dessen Ende ein rundlicher Torso in einem hellblauen Gewand steckte. In ihrer rechten Hand hielt die Gestalt ein stängelförmiges bräunliches Gebäck, das mit jeder Bewegung kleine Blättchen auf den Boden regnen ließ. Nie zuvor hatte mich ein Augenpaar angesprochen. Es war Augen nicht erlaubt, sich in den Alltag der *Modelldorf-Menschen* einzumischen. Wir lebten in einer Vitrine ohne Scheiben. Einzig am *Handwerksmarkt* am Ende der Führungen machte man großzügig eine Ausnahme. Dort stellten die Augen Fragen, auf die sie genormte Antworten erhielten, die durch Vatis Kopf gelaufen waren, bevor sie durch die Münder der Dörfler liefen. Die Einnahmen machten sie gefügig, und wenn sie von den Augen hörten, wie das *Draußen* war, dann bekamen sie kalte Haut und waren froh um das *Drinnen,* und je mehr sie darüber nachdachten, desto weniger Lösung tat sich auf. So beschlossen sie, das Beste für sich herauszuholen, und das Beste waren gute Verkäufe. Half die Illusion dabei, dann waren sie ihr Untertan.

Kannst du rechnen und schreiben?, fragte die Gestalt.

Ich lese hier gerade ein Buch.

Stimmt. Hallo, ich bin Mala.

Antonie.

Und was willst du werden, Antonie?

Was willst DU werden?

Want some?

Mala streckte mir ihren Bröselstängel entgegen, der noch mehr Blättchen auf die *Umwelteinflüsse-der-Wurzelform-Grafik* auf die Seiten meines Buches regnen ließ.

Hast du ein Endgerät?

Malas Stimme erinnerte an das Bellen des kleinen verwehten Hundes von Irmis Mutti.

Wir leben hier nicht in der Steinzeit. Nein, danke. Was ist das?

Ein Sacristain.

Mala lachte und schob einen großen Bissen in das Lachen hinein.

Ein Sacristain ist, actually, ein Kirchendiener. Die wurden früher in Frankreich vernascht. Aber ihr glaubt ja nicht an Gott, oder? Anywho, ich auch nicht. Meine Eltern überlegen, ob sie hierherziehen. Und ich, ich bin bald achtzehn und kann selbst entscheiden, ob Stadt oder Modelldorf und he, was meinst du? Malas Körper schaukelte vor mir, während sie sprach. Sie wackelte mit ihrem blättrigen Stängel, der noch mehr Stücke auf mir verteilte, als wollte er mich endgültig einnehmen.

Eigentlich darf ich das nicht essen.

Und sie tippte mit der linken Fingerspitze auf die Kugel in ihrer Körpermitte.

Aber irgendwas in mir wehrt sich, und nein, es ist nicht nur der Appetit. Mala lachte und ihre Zähne waren so weiß wie eine der Wolken, die der starke Wind an ihrem Kopf vorbeiwehte.

Sag jetzt, wie ist das Leben?

Ich weiß nicht. Ich hab keinen Vergleich.

Habt ihr viele mit … und Malas Zeigefinger drehte imaginäre Kreise über ihren Schläfen.

Es kommen immer wieder ausgebrannte Zugezogene, wenn du das meinst. Die kommen dann in ein Programm. Die Hiesigen, also die, die schon immer da waren, die nehmen das nicht an.

Aha. Und arbeitest du viel mit den Händen?

Wie?

Machst du Dinge mit den Händen? Wie … und Mala überlegte. *Ich weiß auch nicht …*

Du meinst im Garten arbeiten? Kühe melken? Holz hacken? Wenn du das meinst, dann ja.

Wow. Okay. Und was machst du am liebsten?

Ich dachte nach. Mala schaute mir beim Nachdenken zu und hatte keine Zeit für meine Antwort. Ihr diffuser Blick suchte nach etwas, während er über die Dorfdächer und Menschen hüpfte, als wollte er alle Eindrücke gleichzeitig aufessen.

Was liest du da?

Ein Buch über Wurzeln.

Wieso liest du das?

Wieso?

Ja.

Weil es mich interessiert.

Hör's dir doch an! Und sie nahm ihr Endgerät und suchte den Titel meines Buches. Kurz darauf spielte sie eine Stimme ab, die das Buch ohne Atempausen vorlas. Ich wartete angestrengt, dass die Stimme jeden Moment kollabierte.

Eins Komma fünf ist die Geschwindigkeit. Je mehr du dich dran gewöhnst, desto schneller geht's. Ich bin schon bei zwei. Eine Freundin von mir bei drei! Die ist echt arg. Wie viel Zeit hast du für Unterhaltung?

Für Gespräche?

Nein für E-n-t-e-r-t-a-i-n-m-e-n-t. Videos, Spiele und den ganzen Shit.

Macht den Kopf kaputt, sagt Vati.

Meiner ist noch ganz okay. Na ja. Mala lachte, als hätte sie einen Witz gemacht. *Ich spiel zwei Stunden am Tag. Ich hab das höchste Rekreationsbedürfnis von meinen Freunden uuuuund mein Vater kennt die Psychografin und, hehe, you know.*

Die Gestalt hielt mir ihr Endgerät hin, auf dem rot-orange-grüne Balken zu sehen waren. Über den Balken standen Bezeichnungen wie Aktivitätslevel, Rekreationsbedürfnis, Leistungsniveau, Intelligenzquotient, Körpergröße in Zentimetern und Gewicht in Kilogramm.

Ja, die Schlauste meiner Klasse bin ich nicht.

Ich fragte nicht nach. Selbst wenn Mala nicht die Schlauste war, wollte ich nicht dumm dastehen.

Sag, was willst du werden, wenn du groß bist? Was werden die Leute hier?

Ich weiß noch nicht. Ich überlegte, doch Malas Fragen schienen keine Antworten zu erwarten. Die Worte kugelten aus ihr heraus.

Ich werde Warterin.

Warterin?

Ja, viele Möglichkeiten hab ich wegen dem Psychogramm nicht. Aber ich konnte wählen zwischen Warterin oder Plattformangestellte. Plattformangestellte, das bieten sie jedem an, der lesen kann. Warterin, da kann man sich auf die Gerätschaft spezialisieren und fährt herum und so. Die Gerätschaften wartet man regelmäßig und man sieht ein bisschen was, wenn auch viele Maschinenräume, aber das ist Gewöhnungssache, sagt Mutti, die ist auch Warterin. Schon seit zehn Jahren. Eine der Ersten.

Klingt gut.

Ich hatte wenig Ahnung, wovon Mala redete, wusste aber,

dass die Welt draußen über Plattformen organisiert war. Die Zugezogenen im Dorf schimpften, wenn sie nicht funktionierten. Nathalie, eine von Bas' Müttern, war eine dieser Plattformbediensteten. Sie war Architektin für klimaneutrale Häuser, die an afrikanische Hütten erinnerten.

Ja aber eben, ich überleg gerade, vau ell sollte ich ins Modelldorf, da zählt das Psychogramm nichts und ich kann mir aussuchen, was machen, aber das ist halt auch ein Commitment. Keine Freunde, keine Videospiele, keine Reisen und diese Klamotten, sie nahm den Saum meines karierten Lieblingskleids zwischen ihre von Blätterbröseln gesprenkelten Finger, *keine eigenen Entscheidungen. Ja he, aber du bist da aufgewachsen und für dich ist die Welt so und für mich,* und sie überlegte kurz und ihre Pupillen wurden starr. Sie schien für einen Moment in ihrem Kopf zu verschwinden. Als sie ihre eigene Abwesenheit bemerkte, verabschiedete sie sich und reihte sich in die Gruppe der Augen zurück. Dort verschwand sie, und selbst als ich mich anstrengte, sie unter den tanzenden fremden Körpern zu finden, die mit ähnlichen Farben, ähnlichen Jacken, ähnlichen Gesichtsausdrücken gekleidet waren, konnte ich sie nicht entdecken und ließ es nach kurzer Zeit. Ich sah sie nie wieder.

36

Es war noch Frühling, aber schon spät. Vatis Besuche bei Susanna füllten die leeren Dorfmünder und ich war bereit für die Wahrheit.

Vati plante, das Haus zu verlassen, ich, ihm zu folgen. Noch bevor ich einen Fuß aus dem wiegenden Bett streckte, fühlte ich mich sicher, dass die Gerüchte nicht stimmen konnten. Vati hatte die Liebe schon vor Langem gegen ein anderes Gefühl getauscht.

Ich hörte, wie er den Hausgang auf und ab ging, bevor er die Tür öffnete, als zögerte er. Es war nicht ungewöhnlich, dass Vati nachts im Wald seine Stängel rauchte, um den Kopf durchzulüften. Selbst als er das Rauchen im Dorf verboten und gleichzeitig damit aufgehört hatte, waren die Waldspaziergänge geblieben. Er lief meist ziellos zwischen den Baumstämmen hin und her, wie er es im Hausflur tat, nur dass der *Kopf dann weiter nach oben denken* konnte. Manchmal pfiff er ein Lied, dessen Melodie sich aus alten Erinnerungen schälte. Mutti und Vati hatten es *früher* zusammen gepfiffen.

Mutti pfiff nicht mehr. Seit dem Unfall führte sie Buch über die Töne, die aus ihrem Mund kamen. Statt zu pfeifen saß sie in ihrem Sessel und stand immer wieder so ruckartig auf, dass man sie schon davonlaufen sah, doch stattdessen bewegte sie sich nicht und rang mit ihrem Fluchtimpuls.

Ihr Kopf ist zerfressen. Das hatte Irmis Mutti auf dem Dorfplatz der Frau Erich zugeflüstert.

Als wollte Muttis Körper dem Dorfgerede das Leben entgegensetzen, sah sie kompletter und schöner aus denn je. Die Stille und Nachdenklichkeit in ihren Augen machten sie unantastbar und die spitzen Blicke der Dörfler wurden weich und glänzend auf ihrer Haut. Trotz allem versteckte sich Mutti, wenn sie nur konnte. Wenn die fremden Augen sie fanden, richteten sie ihre Endgeräte auf sie, als könnten sie Mutti einfangen wie ein wildes Tier.

Das Versteckspiel war irgendwann kein Spiel mehr und zog ihre Schultern immer tiefer nach unten. Am Ende schnitt sie ihre langen Locken so kurz, dass sie keine mehr waren, und schob sie mit beiden Händen in die Vergangenheit, wo sie brannten und einen Gestank durch das Waldrandhaus zogen, den sie vergessen konnte.

Vati kannte die Äste, die Sträucher, die Hindernisse des Waldes. Seine Schritte verloren sich nicht im Auf und Ab, sie hatten ein Ziel. Als er an Erikas Haus angekommen war, bog er nicht zum Stall, um Line und Mike zu besuchen. Er ging direkt auf die schwere Eichentür zu, hinter der Susanna und Peter atmeten. Er wartete nicht oder klopfte, sondern holte einen Schlüssel aus seiner Jackentasche und trat ein. Er holte den Schlüssel aus seiner Jackentasche und trat ein, dann holte er den Schlüssel aus seiner Jackentasche und trat ein. Immer wieder holte er den Schlüssel aus seiner Jackentasche und trat ein, ich war nicht bereit, dem Dorfmund die seltene Wahrheit von der trockenen, sandigen Zunge zu lesen.

Als Vati nach Hause gekommen war und die tiefen Stimmen der hohen Opernsänger aus seinem Arbeitszimmer schallten, da holte ich den Schlüssel aus seiner Jackentasche.

37

Die Größe des körperwarmen Schlüssels war seine Tarnung. Sie sollte niemanden auf die Idee des Schlosses bringen, das er sperrte. So bestimmt ich durch die Nacht gelaufen war, so sehr verblasste meine Entschlossenheit am nächsten Morgen.

Tagelang trug ich den Schlüssel in meiner Hosentasche. Dort spürte ich ihn, warm, wie einen fremden Finger, der sich durch meine Gedanken bohrte, die an meinem Oberschenkel saßen.

Vati suchte nach seinem *Tresorschlüssel.* Mutti und ich, wir wussten von nichts.

Wenige Nächte vergingen, bis ich Vatis Schritte im Hausgang hörte. Ich warf Muttis braune Ruana über die Schultern, schlich mich aus der Kellertür und lief den Geheimweg entlang ins Dorf zu Erikas Haus. Dort versteckte ich mich mit trockener Zunge im feuchten Gewächshaus. Es dauerte nicht lange, bis Vati aus dem Wald trat. Er klopfte gegen die Tür, die sich erwartend öffnete und seine Gestalt verschluckte.

Ein zähes Zahlenrad zählte die Zeit in meinem Mund. Als das schiefe Fenster zu Erikas Wohnzimmer zu strahlen begann, bewegte ich mich.

Ich öffnete vorsichtig die schwere Tür zu Erikas Haus, übersprang die knarzenden Bodenstellen und faltete mich in die kleine Kammer unter den Treppen im Hausgang, der ich längst entwachsen war.

Die Nacht. Du weißt, ich muss was tun. Wach liegen bringt mich um. Susanna bewegte sich. Die Stühle im Wohnzimmer wurden verschoben. *Der Herbert liegt nur noch. Ich hab ihn durchs Fenster beobachtet. Er liegt auf dem Tagbett und rührt sich nicht. Der Peter hat die zwei letzten Gänse im Stall nicht anschauen können. Sie stehen dort in ihrem eigenen Mist und der Tod schaut aus ihnen heraus. Das hat der Peter gesagt,* und die Stimme zerbrach auf dem Küchenboden. Ich hörte, wie Susanna gegen die Tropfen in ihrer Nase kämpfte, und sah ihr mattes Gesicht vor mir *und ich kann nichts dagegen tun. Umbringen will ich sie, aber wenn das der Herbert mitkriegt,* flüsterte sie laut. Vati bewegte sich nicht. Er sagte nichts. Nur Susannas fächernder Atem zog sich durch die Luft. Ihre Angst und Einsamkeit standen vor mir und vor Vati und vor Erikas Haus, in das sie nie eingezogen waren. Vati war so starr wie ich und die Stille war überall, dass mir ganz schwer auf der Brust wurde. Es war die Schuldfrage. *Die verdammte ungeklärte Schuldfrage.* Irgendwann stand Vati doch auch auf und seine Schritte knarzten schwer, wie um seinen Bewegungen das Gewicht zu verleihen, das sein Körper nicht mehr hatte. Susanna folgte ihm. Sie verließen das Wohnzimmer in den Hausgang, und als ich dachte, Vati verabschiede sich, da konnte ich die Knöchel der beiden sehen, wie sie durch die Ritzen der Treppe, Stufe für Stufe, über meinen Kopf stiegen.

38

Es war ein Fehler gewesen, Bas von Vati und Susanna zu erzählen. Er war aus dem Gebüsch eines Seitenarms des Geheimganges getreten und hatte die Schatten in meinem Gesicht gelesen. Mein Mund übernahm das Wort und formte die Bilder in meinem Kopf zu einer neuen Wahrheit.

Bas trat mit allem, was er hatte, gegen die Tür des hölzernen Gartenhauses, das am Wegrand stand und klein, wie es war, in einem hohen Ton zu wimmern begann.

Das Blut lief ihm senkrecht die Wade hinunter und hinterließ ein Streifenmuster aus Gerinnsel. *Tut mir leid, Antonie!* Bas berührte warm und zornig meine Schulter und die kleine, lächelnde Berührung ließ meine Arme, meine Beine, meinen Kopf so schwer werden, dass ich mechanisch und angestrengt zum Waldrandhaus zurückfinden musste, während Bas' Finger lange auf meiner Schulter liegen blieben.

39

An einem Tag, an dem die Luft im Wald süß schmeckte, stieg die älteste Frau vom Ältestenrat in das lauwarme Geäst und verschwand. Mike versteckte sich hinter einem schmalen Busch am Waldrand und wartete. Er hatte von Line gehört, dass die Alte, Wochen zuvor, eine große Tasche aus dem Wald gezerrt habe und damit so schnell es ging zu ihrem Haus gelaufen war.

Das Dorf darf sich keinen Fehltritt erlauben! Die Einhaltung der Verordnungen hatte in Lines und Mikes Augen höchste Priorität, deren Kontrolle sich Mike ungefragt angenommen hatte.

Was heißt auffälliges Verhalten? Seit Mike den Dörflern hinterherstieg, wurde Vati mehrmals täglich von dessen keuchender Präsenz überrascht. Die älteste Frau des Ältestenrates schulterte, genau wie von Line zuvor berichtet, eine *verdächtige Tasche*, als sie zwischen den Stämmen hervortrat und geduckt die schmalen Dorfstraßen entlanglief. Durch das Küchenfenster der Dame konnte Mike beobachten, wie sie *Bananen, Orangen, Ananas, Süßigkeiten und buntes Plastik aus der Tasche zog.* Die letzten Wörter hauchte Mike in keuchender Verzweiflung.

Vati hatte vor einiger Zeit ein *Lebensmittelkonsumsystem* eingeführt, das die Regionalität fördern sollte. Waren von *außerhalb* wurden nach Größe des Zeh-oh-zwei-Fußabdruckes eingeteilt. Jeder Haushalt bekam monatlich ein Fußabdruck-Kontingent, das dieser nach Belieben aufbrauchen konnte. Ziel war es, den *Zeh-oh-zwei-Fußabdruck so klein wie noch nie zu machen,* das verkündete Vati auf der Gemeindeversammlung. Ein stufenweiser Eingewöhnungsprozess begann.

Als Mike keuchend in unserem Wohnzimmer schwankte, war bereits Phase zwei eingeläutet, in der eine große Tasche mit Waren, weit größer als das Füllvolumen einer Milchkanne, kaum zu rechtfertigen war.

Als Vati auf Mikes anklagende Luftstöße keine Antwort fand und sich in vage Formulierungen flüchtete, die dessen Aufregung nicht auflösten, lief dieser, ohne Vatis Einverständnis, zurück zum Haus der ältesten Frau vom Ältestenrat.

Dort klopfte er so laut und hart an die Tür, dass das Klopfen die vorbeigehenden Augen einfing. Er hob die Stimme, schon während er klopfte, damit alle Augen hören konnten, was man *mit so einer* macht. Die älteste Frau vom Ältestenrat ließ mit dem ersten Wort aus Mikes Mund die Schultern fallen. Sie gestand, während sie sich am Türrahmen festhielt. Ein Lieferant brachte ihr wöchentlich exotisches Obst und Süßigkeiten, *weil ich sonst nichts hab.* Erleichterte Tränen legten sich in die feinen Hautfalten des lächelnden Gesichts. Ihr Versteckspiel war zu Ende.

Eine Gruppe Augen und eine Gruppe Dörfler beobachteten die Szenerie. Mike verschwand im Haus der alten Dame und schleifte kurz darauf die große Tasche über die Türschwelle. *Zur freien Entnahme! Zeh-oh-zwei-Ware. Bitte greifen Sie zu, die Dame!* Mike hielt einem kleinen zierlichen Wesen eine Banane unter die Nase. *Heute vergrößern wir unseren Fußabdruck!,* schrie Mike mit dickem Hals.

Später, bei Vati, sprach er von *sozialer Ächtung* als letztes *strafloses* Instrument. Vatis Augen wurden klein. Er sah die blutenden Glasstacheln, er hörte das Heulen des Bewegungsmelders, er sah Muttis rosa Lächeln. Er sagte nichts, um Mike zufriedenzustellen. Er sagte überhaupt kaum etwas, außer *Lass es, bitte.* Mike hörte die dunklen, leeren Räume zwischen Vatis Worten nicht. Er war in den nächsten Schritten versunken, die er mit schnurgerader Wirbelsäule durchsetzen würde.

Mikes Ächtungen wurden an Tagen vollzogen, an denen keine Augen kamen. Dann zerrte Mike die Schuldigen vor ihre Häuser und rief die Dörfler zusammen. Die Gründe für die Schikanen waren falsche Mülltrennung, Verwendung von Industriewaschmitteln, Duschgels mit Rosenduft in Plastikbehältern, Aufhellende-Zahnpasta-Tuben mit Mikroplastik, Großpackungen von Kunststofftaschentüchern und das Geheimnis zwischen Irmis Mutti und dem Kloanen, das Mike lange beschäftigt hatte.

Mike kam dahinter, als es ein paar Tage keine Sonne gegeben hatte und sich der Kloane blass gefühlt haben musste. Da führte er seinen Beschatter direkt zum Irmihaus vor die Kellertür. Als der Kloane, nichts ahnend, den Kellerschlüssel umdrehte und begann, sich mit Rapsöl einzusprühen, während er die *megasun* aufheizte, überfiel ihn Mike mit spitzen Zähnen.

Dieser hatte nicht mit den zähen Muskeln des Kloanen gerechnet, der Probleme noch nie mit Worten gelöst hat. Mike versuchte sich zu wehren und seine Position nicht nur vor dem Kloanen, sondern vor den versammelten Dörflern zu verteidigen, die sich lachend um das Trottoir vor der Kellertür bogen, während der Kloane seine Knochen einem Härtetest an Mikes Schädel unterzog. Als das zähe Männchen genug hatte, holte er ein letztes Mal aus und Mikes Bewusstsein versank im harten, rissigen Erdboden vor dem Haus von Irmis Mutti.

Der Kloane schloss pflichtbewusst die Kellertür ab, klopfte dreimal ans Küchenfenster und machte einen großen Schritt über die flach atmende Niederlage. *Nicht mit mir!,* schrie er im Gehen. Die Dörfler beobachteten die Ächtungen und hörten die hohen Töne. Sie waren sicher, Mike handle im Auftrag Vatis.

40

Mutti holte mich an einem Sonnentag von der Schule ab. Sie hatte ihr Waffenradlsoso und einen Korb dabei. Wir fuhren an einen kleinen Bach, der früher ein Fluss gewesen war, in dessen Becken die Dörfler gebadet hatten. Später fanden in den seichten Mulden nur noch einzelne Körper Platz, deren Busen und Bäuche aus dem flachen Wasser ragten.

Mutti breitete eine Decke aus und setzte sich. Sie hatte Eierbrötchen, eingelegte Zwiebel und selbst gemachten Traubensaft dabei. Ich steckte meine Füße in das kalte Wasser und Mutti lachte über den Kälteschock in meinem Gesicht. Wir stoppten die Zeit, wer es länger im Wasser aushielt, und vergaßen, die Zeit wieder laufen zu lassen. Sie blieb bei uns, gefangen für einen Moment, und mischte Anekdoten von *früher* in unsere gelösten Worte. Die Zeit zwängte sich zwischen die Stückchen aus Dotter und Eiweiß, und ebenso schnell kamen die Farben und die Aufregung, die das Früher mit sich brachte, in Muttis Kopf zurück. Die Worte, die sie für früher fand, waren so ausgewählt und präzise, dass ich mich niemals traute, sie nachzuerzählen, aus Angst, sie für immer zu verändern. Sie erzählte von früher, von einem bunten Leben, dessen Farben sie mir wie kleine Zettel in den Kopf steckte. Jeder Zettel war ein Bild, jedes Bild eine Erinnerung. Als mein Kopf voller Zettel war, wurde ihre Stimme leise und vermischte sich mit dem Plätschern des Flusses, dessen schwere Tropfen Teil ihrer Worte wurden.

Das Dorf hatte ihre Sehnsucht nach Ruhe und Vernunft gestillt. *Und es hat schön begonnen.* Ihr Arm legte sich so warm und schwer auf meine Schultern, dass sich meine Knochen unter den Gedanken von Mutti bogen, bevor der Bach die Worte verschluckte und nur die Geräusche des Wassers übrig ließ. Ich beobachtete Muttis sanfte Tränen, die ihren Weg durch die vielen Sommersprossen auf ihren Wangen suchten. Dann stand sie auf und beugte sich über den Bach, sodass ihre Tränen hineintropften, hilflos bemüht, ihn zum Überlaufen zu bringen. Lange bewegte sie sich nicht und beobachtete das Wasser, das ihre Tropfen davontrug.

Später strich sie mit den Händen durch meine dunklen Locken, als wären es ihre. In der darauffolgenden Nacht verließ sie mich. Zu Fuß, ohne ein Wort.

41

Anfangs dachte ich, Mutti wäre ein paar Tage weg. Die Kleider, der Schmuck, das Waffenradlsoso, sie hatte alles dagelassen. Nichts fehlte, bis auf Mutti selbst. Es ist schwer zu verstehen, dass jemand weg ist, wenn alles andere noch da ist, wo es sein soll. Wenn der Geruch noch warm im Bett liegt und die Handgriffe durch die Räume fliegen. Es ist nicht leicht, zu begreifen, dass jemand weg ist, wenn er noch da ist.

Bas stellte sich mir in den Weg. Ich trat so geschwind in die Pedale des Waffenradlsoso, dass ich, erschrocken von Bas' Körper, zu Boden fiel und mein keuchender Atem in der Luft hängen blieb. Mein Knie blutete. Der Inhalt meines Rucksacks verteilte sich über das glänzende Dorfpflaster. *Antonie!* Bas' hilflose Worte kreisten über den stummen Platz, der in diesem Moment von den fremden Augen betreten wurde. Schnell bewegten sich ihre Sohlen auf mich zu, während ich den Inhalt meines Rucksacks zitternd einsammelte. Die Flüssigkeit, die sich in meinen Augen zu Tränen sammelte, verwässerte meinen Blick.

Endgeräte schoben sich in mein Gesicht und fotografierten den kleinen Rest, den Mutti dagelassen hatte. *Hier! Hier! Und hierhin!* Die Augen kannten meinen Namen nicht. Sie hatten kein Wort für meinen Körper, dessen Arme meine Schultern beschwerten. Ich begann zu schreien. Die Gestalten traten zurück. Bas trat zurück. Der Dorfplatz war leer. Ich hörte das

Rauschen der Blätter aus dem Wald und fuhr mit blutigem Knie aus dem Dorf. *Mutti!* Auf der großen Straße band ich mir eines von Muttis Tüchern um, so fest, dass ich sie bei jedem Tritt spüren konnte.

42

Es dauerte mehrere Tage, bis mir kein Ort mehr einfiel, an dem ich mit Mutti gewesen war. Ich war zum Weiher, den vielen Lichtungen, in das Nachbardorf, zum Bach und selbst den schmalen Schotterpfad auf den Berg hinaufgefahren. Als der Schotter die Räder des Waffenradlsoso durchdrehen ließ, marschierte ich zu Fuß weiter bis zum Gipfelkreuz, an dem Mutti und ich an einem wolkigen Tag ein Käsebrot gegessen hatten. An keinem Ort fand ich sie. Ich jagte Erinnerungen und trat in Tränen die leeren Orte mit den Pedalen. Ich trat so fest ich konnte und ein bisschen trat ich auch Mutti.

Die Nächte zwischen den leeren Orten hatte ich im Wald geschlafen. Mit jeder Nacht im Wald nahm ich mehr Wald und weniger Mutti auf meiner Haut mit mir.

Einmal war ich an einer Quelle vorbeigekommen, von der ich, trocken wie ich geworden war, trinken musste. Das Wasser war so braun und schlecht, dass mir schwindlig wurde. Kleine Punkte hüpften neben meinen zarten Schritten hin und her und ich plagte mich ins Dorf zurück, in dem ich mit flachem Atem ankam.

Dort, im Dorf, war es so still, dass ich die Räder des Waffenradlsoso hören konnte, wie sie mit den Pflastersteinen kämpften. Die fremden Augen hätten durchs Dorf hüpfen sollen. Die Dörfler hätten sie begrüßen und lächelnd ihre Erzeugnisse herzeigen sollen. Der Dorfplatz war aber, genauso wie die Straßen und Gärten, genauso wie die Bänke und der Marktplatz, leer. Nur ein paar Hühner bearbeiteten die toten Orte mit ihren Schnäbeln.

Als ich in die kleine Straße zum Waldrandhaus bog, sah ich Vati von Weitem. Ein Spindelmähgerät ließ braunes Gras durch die Luft fliegen. Erst als ich Muttis Waffenradlsoso an das Waldrandhaus lehnte, sah er mich. Seine roten Augen saßen in einem grauen, steinernen Gesicht, dessen Blick weich wurde, als er mich sah. In seiner wortlosen Umarmung lag das Herzklopfen, an das ich mich später erinnerte. Er begleitete mich, wie einen seltenen Gast, zur Tür hinein. Er füllte ein großes Glas mit lauwarmem Wasser und setzte sich zu mir. Seine Unterlippe zitterte, als er Worte zu formen begann, die an seinen Lippen hängen blieben. Für einen kurzen Moment war Vatis Gesicht zurück, wie ein eingesperrtes Tier aus dem Dunkeln. Das kalt gewordene Waldrandhaus leuchtete für die Dauer eines Blinzelns, bevor sich das Geschenkpapier über sein Gesicht zurückrollte und Vatis Muskeln lähmte. Hätte der Wind zur Tür hereingeblasen, Vati wäre wortlos davongetragen worden.

43

Mein hoher, kehliger Schrei hatte die fremden Augen verschreckt. Bas lachte. *Wie einfach das ist!* Die Endgeräte hatten meinen Wutausbruch ins Internet gejagt. *Verrückte im Modelldorf. Der Schrei nach Normalität. Werden wir in Zukunft plemplem?* Die Endgeräte warfen mich und das Dorf in einen Topf.

Wieso ist mir das nicht eingefallen? Bas lachte, als er mich umarmte. Auch die Dörfler freuten sich. Der Hackner grüßte, der Kloane verbeugte sich und Irmis Mutti brachte mir Marmelade. Selbst die Frau Erich zwang ihre Gesichtsmuskulatur zu einer seltenen Grimasse, als sie mich sah, und ein schwacher Nebel Ausgelassenheit war am Dorfplatz zu erkennen. Alle lächelten, weil ich die Augen verjagt hatte. Weil sie meinen Schrei als Triumph empfanden. Weil ich die Tochter vom Vati war, gegen den sich niemand zu rebellieren traute. Weil ich den Damm gebrochen hatte, lallte der Kloane mir ins Ohr.

Ihre Genugtuung löste sich eine Woche später in ihrer Kurzsichtigkeit auf. Als die Markteinnahmen wegfielen, änderte sich die Stimmung so schnell, dass man den Mundwinkeln der Dörfler dabei zusehen konnte, wie sie sich nach unten bewegten. Als ich mit Bas durch die Apfelbäume stieg, begegnete ich dem Blick der Frau Erich, der nicht aus Holz, sondern aus Metall war.

Im Schulstallanbauzimmer war auch die Klasse gegen mich. Die Eltern hatten den Kindern ihre zermahlenen Gefühle überlassen. Ich musste alleine in der vordersten Reihe sitzen, während über mich in den hinteren Reihen gelacht wurde. Peter konnte seine Abneigung gegen mich am wenigsten verstecken. Er schoss mir eingespeichelte Papierkugeln auf den Hinterkopf. Selbst als ich mich umdrehte, hörte er nicht auf. Alle lachten, auch Hannah. Sie jagten mich aus dem Schulstallanbauzimmer, indem sie mich mit Worten bewarfen, die mich so traurig machten, dass ich es nie wieder betrat.

Herr Z klingelte einige Male an der Tür des Waldrandhauses und versuchte, sich für seine *Untätigkeit in der Situation* zu entschuldigen. Er wollte mich *zurückholen*, doch ich sah an seinem steifen Blick, dass es die Pflicht war, die ihn schickte.

Meine Anwesenheit machte die Klasse unruhig und laut. Herr Z war nicht mehr der Jüngste, und *je älter man wird, desto mehr mag man die Ruhe,* hatte Mutti gesagt, als Vati sich vor lauter Lärmbeschwerden der Zugezogenen an den Kopf gegriffen hatte. Herr Z kaute an zwei Fingernägeln, bis nur noch Fleisch übrig war, fand aber keine Lösung. Dann entschied er sich gegen die Gerechtigkeit und für die Ruhe. Ab da klingelte er nicht mehr und sonst auch niemand, außer Bas, der klingelte schon, aber selten. Eher stürmte er ungefragt zur Tür herein.

Dein Rad! Wir fahren! Er war in solcher Hast hereingekommen, dass seine Worte ihm hinterherhinkten und ich darauf wartete, bis ich verstand, was er von mir wollte. *Was ist passiert?* Bas antwortete nicht, sondern war wieder auf sein Rad gesprungen und drehte ungeduldige Kreise vor dem Waldrandhaus. *Komm, Antonie!* Es war nicht leicht, Bas zu folgen. Als ich auf dem Waffenradlsoso saß, war Bas nur noch ein Punkt in der Landschaft, an dem ich mich, wie an einem irdischen Stern, orientierte. Wir fuhren aus dem Dorf hinaus. Bas bog auf die große Straße. Ich hatte mein Kopftuch vergessen und meine Beine wurden zittrig. Bas konnte meine Schreie nicht hören.

Er wählte den Weg zur Milchannahmestelle und irgendwann wurde der Bas-Punkt wieder größer. Er war stehen geblieben. Ich konnte sehen, wie der Schweiß seinen Hals entlangrann und den Weg unter sein Hemd suchte. Ohne mich anzusehen hing sein Blick an einer Plakatwand, die den Straßengraben von den dahinterliegenden Feldern trennte. Ich folgte seinem Blick und sah mich selbst.

Ich, wie ich lächelte, ich, wie ich Blumen sammelte, ich, wie ich auf dem Rad durch das Dorf fuhr. Mein Plakatkopf war so groß wie mein eigentlicher Torso und mein Plakatauge so groß wie mein eigentlicher Mund und meine Plakathand so groß wie *Antonie!* Bas holte mich an den Straßenrand zurück. Vati hatte mir nichts davon gesagt. Die Bilder waren krumm. Man hatte meinen Kopf auf einen fremden Körper gesetzt. Ich sah Muttis feinen Busen und ihre feine Taille und ihre zarten Fesseln. Ich sah ihren Körper, wie er Blumen sammelte, wie er auf dem Rad durchs Dorf fuhr, wie er auf die Kamera zulief. Ihre Bewegungen. Sie sprang, sie lief, sie lachte. Ihr Lächeln aber war verschwunden und durch meines ausgetauscht worden, das kindlich für den Körper erschien. Bas scharrte mit einem Fuß wie eine wütende Kuh im Schotter. Seine Nasenflügel waren so gespannt, dass die Haut auf dem Nasensteg glänzte. Er zog ein Messer und begann, eines meiner übergroßen Gesichter zu zerkratzen.

Ich dankte Bas wortlos. Doch ich wusste, wie sinnlos die Aktion war. Das Mutti-Ich konnte nicht nur vor der Milchannahmestelle hängen. Es hing überall, wo es sich die Ressler leisten wollte, und irgendwo in diesem Überall war Mutti und sah das Mutti-Ich. Ich schämte mich.

Sie musste denken, ich wäre einverstanden. Sie musste denken, ich wäre auf Vatis Seite. Vielleicht hatte sie meinen Schrei nicht gesehen. Vielleicht sah sie nur mich, die nach kurzer Zeit ihrer Abwesenheit das Land mit ihrem zerstückelten Körper beklebte.

44

Ich wollte mit dir reden, aber es war keine Zeit, Marillchen. Aus Vatis Mund klang mein kindlicher Spitzname nach einem bewussten Fehler, den er mit sich herumtrug, um dem Dorf zu zeigen, dass er Mensch war.

Die Kampan war ein Erfolg. Sie brachte Augen zurück und die Dörfler vergaßen in der wiederkehrenden Geschäftigkeit meinen Schrei und Muttis Verschwinden. Sie arbeiteten, verkauften ihre Produkte und zählten die Worte, die sie unter sich austauschten, mit steifen Fingern.

Marschierten die fremden Augen abends aus dem Dorf, nahm die Stille das bröckelnde Gemäuer zurück. Sie zwängte sich zwischen die Zähne, Türritzen und Gassenschatten. Sie legte sich auf jeden, den ein Lachen oder ein Wort überkommen wollte. Die Dörfler verzogen sich in ihre kleinen Quartiere. Dort aßen sie still, schliefen still, während die Zugezogenen Beschwerden schrieben. Beschwerden, die sich gegen schnaufendes Atmen am Marktstand, gegen schreiende Telefongespräche oder klingelnde Endgeräte richteten. Beschwerden aufgrund beobachteter Verstöße gegen Verordnungen, auffälligen Verhaltens, Zwistigkeiten unter Nachbarn. Immer schärfer wurden die Blicke des Gemäuers, die sich in das bunte Papier schrieben, das auf dem kleinen Tisch im Feuerwehrautohaus einen Turm bildete, den die Frau von Herrn Z mit jedem Tag nervöser betrachtete. Sie war zur Beschwerdebeauftragten ernannt worden, deren Rolle ihr eine neue Ernsthaftigkeit verlieh, wie sie Herr Z in dem Gesicht seiner Frau noch nie gesehen hatte.

Aufgrund der neuen Vollzeit-Beauftragung wurden Vati und Irmis Mutti von der Beschwerdebearbeitung erlöst. Schnell wuchs der Zettelturm zu einer Höhe heran, dass in der Frau von Herrn Z eine Hitze aufstieg, die sich feucht auf ihre Haut legte. Sie verließ die kleine Kammer nur noch selten. Über ihren Kubus gebeugt, verlor sie sich in harschen Worten der Dörfler, die nach ihr zu schnappen begannen.

Herr Z, der den Verlust seiner Frau an die Kleinlichkeit des Dorfes nicht hinnehmen wollte, brachte ihr abends belegte Brote ins Feuerwehrautohaus und wünschte ihr eine gute Nacht. Dann stand er schweigend vor dem kleinen rosafarbenen Haus und hoffte, die schwere Eisentür zu hören, die das Ende der Schicht seiner Frau herbeiknarzen würde.

Herrn Zs Warten war vergeblich. Jedes Mal war er bereits eingeschlafen, wenn seine Frau langsam und müde an seiner Tiefschlafphase vorbeihumpelte.

Seine Erfolglosigkeit hielt ihn nicht davon ab, einen kleinen Stuhl, eine Staffelei und eine Lampe vor das Feuerwehrautohaus zu stellen und zwischen den wirren Pinselstrichen seine Frau durch das beschlagene Fenster zu beobachten, wie sich ihr Körper über die klagenden Worte bog.

Nicht selten wurde Herr Z von Vorbeigehenden auf seine abstrakten Farbverläufe angesprochen. Die Komplimente setzten sich wie kleine Luftblasen in seinen gespannten Lungenflügeln ab, die größer und größer wurden. Stolz suchte er auf die Fragen der Dörfler nach fremden Worten für die vertrauten Farben, deren Bedeutung der kleinen Dorfwelt verschlossen blieben. Wer die Geduld nicht aufbrachte, Herrn Zs Ausschweifungen zuzuhören, der kaufte sich frei. An der Ungeduld der Dörfler verdiente Herr Z gutes Geld, das ihn zum Künstler machte. Lange kam kein Abend, den Herr Z nicht vor dem Feuerwehrautohaus verbrachte und wartete, dass jemand an seinen Farben vorbeiging.

Als die schwere Eisentür die schwüle Sommerhitze unverhofft zur Seite schob und die tropfende Frau von Herrn Z herausgelaufen kam, überraschte sie ihren Gatten so sehr, dass dieser mit dem Pinsel abrutschte und eine Lebenswoche Arbeit übermalte. Die unschönen Worte, die Herr Z der laufenden Geliebten hinterherschrie, hallten lange in den Dorfgassen und Köpfen der Dörfler nach, die diese auf pastellfarbenes Papier bringen würden.

Nach dem Missgeschick löste Herr Z den Schulstall auf, als wäre die Dorfschule eine zu vernachlässigende Freizeitbeschäftigung. Der vierköpfige Mann voller stolzer Luftbläschen scheuchte alle Kinder wie Hühner davon. Aus dem Schulstall wurde ein Atelierstall, den Kinder wie Erwachsene mieden. Herr Z verkaufte nie wieder ein Bild.

Den eigentlichen Grund für das unglückliche Geschehen erfragte der stolze Maler nicht. Die Frau von Herrn Z überhörte die unschönen Worte aus dem Mund ihres Gatten, während sie in Richtung Waldrandhaus rannte, in dem Vati an der nächsten *Kampan* arbeitete. Im Dämmerlicht übersah ihr Auge dunkle Wurzeln und Steine. Sie stolperte mehrmals und verteilte kleine, blutige Hautfetzen auf dem Weg zum Waldrandhaus, an dem sie schreiend ankam.

Keine Beschwerden! Heute gab es keine Beschwerden!, würgte sie und schwankte so sehr, dass ich mich hinter sie stellte, um sie aufzufangen. Als sie sich beruhigt hatte, bandagierte ich ihre Knie und Handflächen mit Muttis Bandagen, die mit gelben Salpeterflecken gesprenkelt waren und meine Kindheitswunden zusammenhalten hatten sollen. *Alles wird gut. Es ist nicht so schlimm.* Ich spürte die kühlen Hände auf meiner Haut.

Vati hatte das Haus verlassen, als die Worte der Frau von Herrn Z es betraten. Ihre Nachricht hatte ihm eine Falte auf die Stirn gemalt, ehe er mit hektischen Schritten zu Mike lief, der weder eine Antwort hatte noch Zuneigung für Vati empfand.

45

Seit Mutti fort war, spazierte ich nachts durch den Wald. Das Waldrandhaus, das früher ein Versteck vor der bedrohlichen Dunkelheit gewesen war, war nun ein dunkler kalter Hohlkörper geworden, der wie ein Mahnmal die Abwesenheit Muttis markierte. Jeden Abend begannen meine Gedanken so lange Kreise zu drehen, bis Vati, begleitet vom Geheule des Bewegungsmelders, zur Susanna schlich und ich meine Beine und meinen Kopf im Wald erlösen konnte. Dort lief ich ziellos und blind zwischen den Baumsoldaten hin und her.

Eines Nachts, in der selbst die Blätter schliefen, hörte ich Musik, die sich blechern durch das Geäst drückte. Meine Füße folgten den Tönen. Ich sah, wie sich kalte blau-weiße Lichtstreifen durch die Tannennadeln zogen. Dort, am Ende der Streifen, standen Plastikquadrate, die mit einzelnen Buchstaben versehene Flüssigkeiten in unterschiedlichen Farben enthielten und das Ratespiel ihres Inhalts eröffneten. Menschen drängten sich um sie und verschütteten Becher für Becher. Sie kamen und gingen wie durstige Tiere zu den Kanistern und hielten gar ihre offenen Münder unter die federlosen Hähne. Dabei lachten sie, gurgelnd, ausgelassen, ungehemmt.

Ich kannte die Gesichter, die sich im Dorf unzufrieden und glatt durch die Gassen schoben. Ich kannte ihre Holzschuhe, Strohhüte, Tweed-Kappen, gestreiften Hosenträger, Schüttelbörsen, Azetat-Haarspangen, Ohrstecker aus Muranoglas und Halstücher aus Seide. Es waren die, die das Ersehnen, nicht das

Erreichen zum Ziel hatten. Die, die Beschwerden schrieben und sich an die Illusion klammerten, während sie die Ruhe suchten, die sie nicht bekamen. Sie hatten sich der Langlebigkeit verschrieben, doch anstatt sie glücklich zu machen, zog sie ihr Leben in die Länge und brachte ihnen eine Langeweile, die sie taub und stumpf machte.

Taub und stumpf wollten sie Systeme umwerfen. Kämpfen wollten sie nicht, wenn man sie fragte, doch *der Kampf musste sein.* Er schloss den Kreis ihrer modernen Heldendichtung. Dabei richteten sie ihn nicht gegen die Menschen, sondern gegen das Menschliche. Jenen Teil, der sich der Verführung über die eigenen Verbotsgrenzen hinwegsetzte. Das Menschliche, dessen Lust sie einen vernichtenden Stempel aufdrücken wollten.

Dieser Kampf war für den heimlichen Moment, den ich beobachtete, verloren. Verloren in den blechernen Klängen der Lautsprecher. Verloren in den exotischen Speisen, die über mehrere Tische verteilt vorbeischleifende Körper erfreuten. Verloren in den losen, unzusammenhängenden Wortfetzen, die durch den kleinen Kreis Feiernder gespült wurden und sich, wenn, dann nur kurz, und wenn, dann nur schwach, in den Ohrmuscheln des Gegenübers verfingen.

Ich versteckte mich in einem Farnwald und beobachtete atemlos die stolpernden, nach und nach zu Boden stürzenden Gäste der geheimen Soiree. Das harte Licht des von Mücken umschwirrten Halogenstrahlers machte ihre runden Gesichter kantig und zeichnete große Schatten in die leeren Gesichtszüge, die an der Endstation angekommen waren. Nach und nach suchten sie ihresgleichen und verschwanden zu zweit, zu dritt, zu viert in der Dunkelheit.

Dort, in der Dunkelheit, die weit über sich selbst hinausging, suchte ich nervös und verwirrt nach einer Erklärung, die ich erst am nächsten Tag fand. Beschämt und verloren stapften die Zugezogenen über den Dorfplatz. Ihre Scham stapfte ihnen voraus. Man konnte sie riechen. Selbst Vati konnte sehen, dass sich etwas verändert hatte. Dumpfe, verzerrte Buchstaben sprach er kaum hörbar in sich hinein.

Bas begrüßte mich, als ich über den Dorfplatz zur Susanna ging, die selbst gemachtes Eis ausgab. Wie jedes Mal, wenn er mich grüßte, vergaß ich für einen Moment zu atmen. Ich stellte mich schüchtern neben die kleine Irmi, die, als mir der ängstliche Blick der Susanna mein Eis überreichte, so laut zu schreien begann, dass ich es absichtlich fallen ließ, während ich der Susanna in die Augen schaute.

Was ist denn überhaupt los heute? Bas verzog sein Gesicht, während er das seltene Zitroneneis zwischen seine blauen Lippen schob. Er folgte mir selbstverständlich, was mich für einen Moment froh machte, und setzte sich zu mir an den Fischteich. Dort, am Teich, standen drei Holzkreuze. Das eine war morsch, das andere im Andenken an Hannahs Vater und das dritte unbekannt. Bas streckte mir das Susanna-Eis entgegen, während er kleine Steine sammelte, die er, ohne nachzudenken, in den Teich warf. Einer der Steine traf einen Frosch am Kopf. Ein lebloser Froschkörper tauchte wie ein Ballon verkehrt an der Wasseroberfläche auf und streckte uns seinen geblähten Froschbauch entgegen. Die sanften Bewegungen des Wassers ließen den Leichnam tanzen, als wollte er uns mit der Leichtigkeit seiner kurzen Existenz an die unschönen Dinge erinnern, die dieses idyllischste aller Dörfer in regelmäßigen Abständen hervorbrachte. Ich roch die süße Zitrone, die sich mit Bas' Atem vermischte, und beobachtete die Sommersprossen und dunklen Augenringe in seinem weißen Gesicht.

Ich war so sehr darauf bedacht, Bas nicht von meiner Entdeckung zu erzählen, dass die Laute, die aus meinem Mund kamen und mein Geheimnis verstecken sollten, hohl und falsch klangen und sich selbst in der Belanglosigkeit ein Versteck fanden. Zu groß war meine Angst vor seiner Wut, die zu mehr fähig war, als ich mir ausdenken konnte. Zu groß war meine Angst, was passieren könnte. Zu groß war meine Verwirrung über das, was ich gesehen hatte. Als meine Buchstaben jeglichen Sinn verloren, schaute ich stumm dem toten Frosch dabei zu, wie er sich erlöst treiben ließ und Bas' forschender Blick sich schnell in Müdigkeit verwandelte, die er unter den Schatten eines Baumes trug.

46

Wieder und wieder ging ich nachts tief in den Wald und fand die torkelnde, schreiende Menschenmasse, die sich vergaß.

Bas bemerkte auf unseren Spaziergängen meine ständige Müdigkeit, stellte aber keine Fragen, da er selbst eine Erschöpfung mit sich herumtrug, die seinen Körper schwer werden ließ.

Kam ich im Dunklen an der Waldlichtung an, standen dort Tische voller Speisen, die sich den Menschen entgegenstreckten. Es gab Fruchttürme in allen Farben, Butterklötze in Form von griechischen Statuen, durchsichtige Terrinen in Hasenform, die rote Rosen an der Stelle ihres Herzens trugen, gestapelte Fleischstücke, die angebissen, abgelutscht und in der Luft zerrissen wurden. Es gab Weißbrot, das sich wie ein flüssig gewordener Teller über einer Tafel bog, um sich an seinem Ende herkulesartig aufzubäumen und den Feiernden hart gekochte Eier mit Pfefferkörnern zu servieren.

Finger wurden tief in Saucen gegraben, Obstscheiben als Teller benutzt, Fäuste voller Trauben, Hände voller Schlagobers und Kuchenstücken wurden krächzend durch die Luft geschleudert und suchten das spontane Gegenüber oder die dunkle Nacht.

An einem der Festtage beobachtete ich, wie eine Frau begann, ihren Stuhl aufzuessen, der aus gelaugtem Weißbrot gefüllt mit Schokoladencreme bestand. Als sie die Armlehne zerkaut hatte, entleerte sie sich über den Rest der Sitzfläche, auf die sich wenig später ein betrunkenes Paar warf, dessen Nasen so tief im Fleisch des Gegenübers versunken waren, dass es den zerkauten Teil des Stuhls nicht bemerkte.

Sobald die dunkelste Stunde vorüber war und das Tageslicht zurückkam, legten sich die Menschen auf den Waldboden und aßen, im Takt der blechernen Musik, gierig weiter. Nicht selten spielten die wenigen, die noch bei Kräften waren, ein Spiel, dessen Ziel mir anfangs nicht klar war. Sie warfen mit Zuckercreme ummantelte Ringe aufeinander, deren Masse in alle Richtungen spritzte. Wer auf den Hals des Gegenübers traf, der durfte seinen Gegner auf alle viere zwingen und auf ihm reiten, während der neugeborene Vierbeiner Tiergeräusche von sich geben musste.

Ich wusste, die Feiern waren Zündstoff, der das Modelldorf in seiner filigranen Existenz einäschern könnte. Neugier, Scheu, Feigheit, Lust, sie alle waren Teil meines Körpers geworden, der sich mal widerwillig, mal schuldbewusst, aber immer zielstrebig in den Farnwald hockte und dort das Schauspiel beobachtete, und jedes Mal, wenn ich es mir in der Mulde des Farnwalds gemütlich machte, wurde ich ein bisschen mehr Teil des Geheimnisses und jedes Mal vergrub ich es tiefer und tiefer in mir.

47

Die selten gewordenen Beschwerden machten die Frau von Herrn Z arbeitslos und die Arbeitslosigkeit machte die Frau von Herrn Z unruhig und die Unruhe ließ die Frau von Herrn Z in der Dunkelheit vor dem Feuerwehrautohaus stehen, in der die Ratlosigkeit regierte und die die Frau von Herrn Z in eine Sinnkrise stürzte. Dort formten ihre Gedanken kleine graue Knäuel ohne Anfang, mit Ende.

Mike machte sich auf die Suche nach dem Grund für den Beschwerdeausfall und irrte durch die Gassen, in denen seine Augen zu mehrlagigen Falten wurden, die alle Dörfler durch die gekniffene Haut als Täter identifizierten.

Währenddessen kreiste Vati in seinem Arbeitszimmer und versuchte, seine eigenen Gedanken auszublenden und Lösungen zu finden für Probleme, die nicht mehr vorhanden waren. Immer öfter suchte er das Gespräch mit den Zugezogenen und hörte so angestrengt zu, dass er ihre Worte nicht mehr verstand.

Trotz der pirschenden Beobachter, die durch die Gassen des Dorfes streiften, blieben die heimlichen Feiern weiterhin heimlich. Als wollten die Feiern ihre Heimlichkeit herausfordern, legten sie Stück für Stück ihre Hülle ab und zeigten ihr Gesicht in den dunklen Augenschatten, blassblauen Hautoberflächen, Sahneresten oder Schokoladestücken im Mundwinkel, roten Flecken an Hälsen und torkelnden Beinen. Wehte der Wind, konnte man den unverdauten Alkohol und das Fleisch noch riechen. Die Eindeutigkeit ihrer bleichen Gesichter und zerbissenen Lippen hätte Mike alarmieren können und Vati alarmieren müssen. Vati aber hatte sich die Welt so weit zurechtgeredet, dass sie darin keinen Platz mehr hatten und jeden Tag eine Sonne schien, die niemandem einen Sonnenstich, wohl aber genügend Vitamine und Freude brachte.

48

Als die Dürre des Sommers ihren harschen Höhepunkt erreichte, war es im Dorf totenstill. Niemand lief über die Straße, niemand bemühte sich um den Verkauf eigener Waren am Dorfplatz. Die Augen sonnten ihre Äpfel im fernen Urlaub. Die Dörfler zogen sich in ihre dunklen Kammern zurück und warteten. Warteten, bis die Hitze in ihren Lungen nicht mehr schmerzte und die Nacht anbrach, damit sie ihre vertrockneten Erdäpfelpflanzen, Salate oder Stangenbohnen mit lauwarmem Wasser gießen konnten. Niemand fand ein Wort in der Hitze. Selbst die dunkle Kühle der Nacht hatte sich so tief in den Wald zurückgezogen, dass man sich hechelnd die Mühe sparte und die wenigen klaren Gedanken, die man in sich fand, für sich behielt. Wenn doch einer was sagte, dann *Die Hitze, ein Wahnsinn* und begann und beendete damit das Gespräch. Was man nicht sehen konnte, war, dass mit der Hitze im Dorf eine Normalität zurückkehrte. Die drückende Stille wurde auf die heißen Temperaturen geschoben. Sie waren eine wortlose Ausrede, die den Dörflern trotz des Wassers, das aus ihren Körpern herausdampfte, das Leben erleichterte. Als der Oktober das Dorf aber kühlte, kam die drückende Stille, die ohne Ausrede, auf Zehenspitzen zurück.

Vatis Einsamkeit und sein leeres Geschenkpapierlächeln tränkten das Waldrandhaus. Nicht selten saß er auf der schmalen Bank in der Küche und verfolgte die Marmorierung unseres dunklen Eichentisches mit müden Augen. Er trank nicht, er aß nicht, er meditierte nicht. Neben der täglichen Arbeit, der Bewirtschaftung unseres kleinen Gartens und dem Melken der Kühe sowie den laufenden Kampagnen und Einführungsveranstaltungen, die für Vati zur Routine geworden waren, versank er in einer Leere, die unser Haus nach Muttis Flucht zähflüssig ausfüllte. Jede Bewegung zwischen den alten Ziegelsteinen verlangte nach Energie, die weder Vati noch ich hatten. Bas und ich liefen uns immer noch über den Weg und immer noch brachte er Wut und Fragen mit sich und bemerkte wohl meine Müdigkeit, nicht aber ihren Grund, den ich tief in mir verschlossen hielt.

Mutti setzte sich derweil in meine Augenwinkel. Dort marschierten ihre Umrisse den kleinen Weg zu unserem Haus entlang oder stiegen aus dem Wald oder strichen sich die Locken aus dem Gesicht, während sie Suppe aß. Versuchte ich sie anzusehen, war sie weg und blieb, wo sie war.

49

Es war ein ungewöhnlich kühler Tag im Oktober. Ich trug Muttis Wollmantel, als ich im Bett lag und die Schaltiere hinter meinen Augäpfeln wandern ließ. Eine achtlose Geste eines ausholenden Betrunkenen hatte sie mir in den Farnwald geschleudert.

Die Feiernden hatten über das fahrige Ungeschick gelacht, während meine Finger zum ersten Mal in ihrem Leben ein glattes, kaltes Meerestier abtasteten. Als ich in das rosige, sich vor der Welt verneigende Kleintier biss und es den Feiernden gleichtat, überraschte mich sein süßliches, gummiartiges Fleisch so sehr, dass mich ein hoher unmenschlicher Laut verließ, den niemand zu bemerken schien. Vorsichtig kletterte ich aus dem schützenden Blätterwerk und sammelte hastig die restlichen Schaltiere ein, die sich unter Tannennadeln und Blättern versteckten. Das süße Fleisch zerfiel mir im Mund und ich musste die Augen schließen, damit der Geschmack sein Bild malen konnte.

Dieses Bild zeichnete ich in die dunkle Nacht, während ich, in den letzten Rest von Muttis Geruch gehüllt, wartete, dass Vati das Haus verließ. Als ich die Schritte, die Tür und die Stille hörte, stieg ich die dunklen Treppen hinunter. Dort, im Hausgang, wurden meine Knochen steif. Jemand atmete im Haus. Der Atem kam aus der Küche, wo, wie um meine Knochen in ihrer Starre zu bestätigen, ein Holzbrett knarzte, das den Zufall ausschloss. Ich kannte die Bretter des Hauses.

Ich kannte die knarzenden Türen, seine Verstecke und bröckelnden Gemäuer. Jede Tür, jeder Raum hatte sein Geräusch, dessen Geräuschfolge die Melodie einer Bewegung ergab, die das Waldrandhaus wie ein Instrument spielte.

Ich war dem lebenden Gewicht, das wenige Meter vor mir Luft in seine Lungen sog, um die Kenntnis dieser Geräusche voraus, mit denen mich das Waldrandhaus beschützte.

Zwei Schritte und ich hielt die Schnalle der Haustür in meiner Hand. Ich lief, als wären meine Beine Räder und meine Lungen Flügel. Der Atmende musste mich durch das Küchenfenster sehen, wie mich mein Körper durch das Grau der Nacht trug und sich im schwarzen Wald auflöste. Hinter einem Baum blieb ich stehen und wartete. Die Tür zum Waldrandhaus blieb verschlossen. Der Bewegungsmelder stumm und ich sah keinen Grund, nicht tiefer in den Wald zu marschieren.

Die Feier musste angefangen haben. Ich hatte noch ein dunkles Stück Wald vor mir, bis ich das kalte weiße Licht erreichen würde. Ich war ungeduldig. Auf dem dunklen Pfad dachte ich an Mutti, die mir im Schlaf über die Stirn strich. An die blutigen Glasspitzen, deren Konsequenz uns schlaflos machte. An Mikes Wut, die sich gegen alles richtete. An den Herbert, den niemand, seit Langem, gesehen hatte. An Bas, der Vati verabscheute, und an Vati, der sich nur noch in seiner Welt bewegte.

Das Gefühl, verfolgt zu werden, schlich hinter mir durch die dunklen Stämme, die mich schützend und standhaft begleiteten.

Als ich an meinem Farnwald-Versteck angekommen war und mich hungrig zwischen die leeren Schalen der Meerestiere setzte, spürte ich zwei Hände, die sich um Mund und Augen schlangen, dass ich weder sehen noch schreien noch atmen konnte.

Sie drückten meinen Kopf so fest an die Brust hinter mir, dass er sich anfühlte, als säße er nicht mehr auf meinem Körper. Es war, als wäre alleinig mein Kopf in Gefangenschaft, während mein Körper weiterhin lüstern, wie ein ungeduldiger Hund, auf das nächste achtlos zu Boden geworfene Schaltier wartete.

Ich spürte die hölzerne Astgabel, die sich gegen meinen Schädelknochen drückte, und wusste, wessen Hände meinen Kopf gefühllos umklammerten.

50

Bas' Zuneigung verlor sich in den kalten Chitinpanzern der verspeisten Tiere. Im Schatten der Farne trat ich die Schalen blind mit meinen Füßen, während Bas' Hände meinen Kopf nach oben zogen und meinem Körper keine Option ließen. Das Dröhnen der Musik hüllte uns ein, während er mich so fest an sich drückte, als wäre ich sein verlorenes Stofftier. Seine Gelenke waren steif. Das Zittern kam aus seinen Knochen.

Als die letzten Gäste Plastikbecher, Fleischstücke, braune Stängel und leere Weinflaschen hinter sich ließen und die Musik starb, gab er mich frei. Stumm folgte er mir aus dem Wald.

Dort am Waldrand, zwischen den Birken, im Geäst, kleine Brennnesseln an den Waden, verlor ich ihn. Seine Faust in meinem Bauch spürte ich kaum. Ein dünner Panzer schützte mein Inneres.

51

Bas' Zorn und Enttäuschung über das Ende einer Idee, an die er nie geglaubt hatte, legte sich über das Dorf. *Blablablablabla. Ihr müsst aufwachen! Ihr Heuchler!,* schrie er durch die Gassen. Die Dörfler sagten nichts. Sie liefen an den Schreien vorbei und die Schreie an ihnen.

Die, zu denen Bas sprach, zogen sich am Tag nach der Feier mit blauen Flecken und Zuckerresten im Haar durch ein dröhnendes Vakuum, das die Welt sanft von ihnen abrückte. Seine Worte kitzelten die kleinen Härchen in ihren Ohren, die sich im Delirium kräuselten.

Bas lief auf dem Dorfplatz an mir vorbei und stach mit seinem Zorn in meinen Bauch, der voller Löcher war. Ich griff in der Luft nach seinem Handgelenk. Bas' Blick folgte meiner Bewegung. Sein Mund blieb so verschlossen wie meiner, dessen Wortlosigkeit er verabscheute.

Bas' Blick ließ das Leben im Dorf bröckeln. Er bohrte dunkle Löcher in die Illusion, deren ernstes Spiel nur die wenigsten zum Lachen brachte. Ich hörte schon, wie sich die Stimmen und Klagen der Dörfler in ihren Kehlen formierten. Wie sie Vati aus dem Dorf jagen würden und mich festhielten, nur um mich als Mitschuldige, als Blutsverwandte tropfend durch das Dorf zu schleifen.

Doch Bas schien zu warten. Er dehnte die Tage und Atempausen. Er wartete auf die Wahrheit aus lallenden, satten Mündern, die es gewohnt waren, Verstecken zu spielen.

Die Einsicht kam nicht. Die Dörfler vergaßen Bas' drohende Worte schnell. Sie bewegten sich zurück in das, was sie lange nicht als Normalität bezeichnet hatten.

52

Ein Schrei zerschnitt die Stille des Dorfes, das sich noch im dämmernden Halbschlaf befand. Ein Schrei, der kein Kinderschrei, kein Zeichen der Verwunderung, kein Ausruf der Lust war. Er war so klagend, dass er die schaulustigen Dörfler in ihren gestreiften und karierten Nachtgewändern vor die Türen und an die Fenster jagte, wo die Augen sich erst ans Dämmerlicht gewöhnen mussten und sich selbst noch nicht trauen konnten. Wo die zitternden, vom Schlaf schwach gewordenen Finger reibend, reibend, reibend nachhelfen mussten, bis der Schlafsand von ihnen abbröselte und sie das Blut freigaben, das über den Dorfplatz rann und die Türstöcke und die Fenster einfärbte. Das Blut, das im Dämmerlicht schon ein bisschen glänzte und auch Pech hätte sein können, und vielleicht war es das, doch wer die Fenster geöffnet hatte oder aus der Tür getreten war, der konnte den eisernen Geruch vernehmen, der sich, wie unsichtbare Fäden, durch die Gassen zog. Nach und nach versammelten sich die Dörfler, steif von der Nacht, auf dem Dorfplatz und drehten sich, wie hölzerne Kreisel, um die eigene Achse, damit sie das Ausmaß erkennen konnten. Das wichtige Detail bemerkten die wenigsten. Nicht alle Häuser waren blutverschmiert. Es folgte ein blutiges auf ein weißes auf ein blutiges, auf ein blutiges, auf ein gelbes Haus und diese Abfolge, da musste man nicht lange raten, hatte System. Es waren die Häuser der Zugezogenen, deren Balken, deren Türstöcke, deren Fenster rot verschmiert waren.

Der Schock der Dörfler dauerte so lange, bis die Sonne aufging und das zähflüssig tropfende Rot sich in hartes, steinernes Braun verwandelte, dessen Säuberung die zarten Hände der heimlich Feiernden Tage beschäftigte.

Schneller, als das Blut gerann, streckten die frisch Zugezogenen die Zeigefinger aus, die sich auf die eingesessenen Dörfler richteten. Schneller, als man denken konnte, als sie selbst denken konnten, war ihnen klar, dass man sie nicht gewollt hatte, dass sie, weil sie neu waren, nicht aufgenommen wurden, dass man sie aus der schönsten Idylle des Landes verjagen wollte, die ihnen genauso gehörte wie allen anderen. Die ausgestreckten Zeigefinger und die Schuldzuweisungen machten die eingesessenen Dörfler so wortlos, dass niemand die Blicke bemerkte, die sich eine Armlänge hinter den Zeigefingern versteckten. Es waren krumme Blicke, die ausscherten, die wegschauten, die sich hinter den Augenlidern ducken wollten. Blicke, die ein Geheimnis hatten, dessen blecherner Nachhall den Feiernden noch in den Ohren lag, und wenn sie nicht aufpassten, summten sie die Melodien der Nacht. Sie rochen den Maulwurf. Doch die Frage, wer er war, konnten sie im violetten Morgenlicht nicht beantworten, in dem sie besonders froren.

53

In der Hitze der Oktobersonne wurde den unschlüssigen Zugezogenen erlösend schnell klar, was passiert war. Bas war verschwunden. Seine Mütter suchten nach ihm. Sie bestiegen jeden Dachboden, gingen in jeden Erdkeller und Geräteschuppen. Sie ließen seinen Namen zwischen den Baumstämmen verschwinden und folgten den Schreien in den Wald. Als sie wiederkamen, eilten ihnen ihre traurigen Gesichter voraus.

Auf die langen Gesichter der Mütter Bas' hatten die Zugezogenen gewartet. Sie schnitzten aus ihren Erinnerungen an Bas den Sündenbock, dessen diffuser Zorn *dorfbekannt* gewesen war, *der hoffentlich nicht wieder zurückkehrte.* Bas' Schweineblutaktion wurde der bösartigen Willkür untergeordnet, und im rechten Moment mischte sich der Gänsemord in die Sätze. Die Zugezogenen wussten: Bas war der Gänsemörder selbst. Sie schrien *JA! So war es. So war es. So ist es.* Die hohen Schreie aus den schmerzenden Hälsen von Bas' Müttern, die erst nach dem Gänseunfall ins Dorf gezogen waren, blieben ungehört.

Das Dorf atmete auf. Ein Schuldiger war gefunden. Das Blut der Häuser vermischte sich mit Schmierseife und tauchte den Dorfplatz in feierliches Rosa. Frau Erich hievte das Apfelweinfass mühsam aus dem Erdkeller und führte das Glas zu den Lippen. Kurz bevor sie den ersten Schluck nahm, fiel ihr und den restlichen Dörflern ein, dass die Zugezogenen vor wenigen Stunden auf sie selbst gezeigt hatten. Dass sie ihre steifen

Finger gespürt hatten, wie sie auf ihre Brüste, auf ihre Hälse, auf ihre Köpfe gezeigt hatten und im Zeigen die Geschichte verdrehten. Die Frau Erich warf ihr Glas als Erste zu Boden. Dort vermischte sich der Apfelwein mit dem freudigen Gemisch aus Schmierseife und Blut. Sie rollte das Apfelweinfass schnell wieder zurück in den Erdkeller. Der Kloane folgte ihr und dort blieben sie den restlichen Tag, atmeten den kühlen Erdkellergeruch und warteten, bis die Ratlosigkeit in ihren Köpfen verdampfte.

54

Keine Touristen mehr. Wir müssen uns sortieren. Was Vati mit sortieren meinte, war herausfinden, was wirklich passiert war und *Was ist wirklich passiert, Marillchen?* Vati wusste, dass die Schließung des Dorfes nicht nur einen Verzicht der Einnahmen zur Folge hatte und damit einen weiteren Keil zwischen die Dorfmenschen treiben würde. Es würde auch schlechte Presse geben und schlechte Presse bedeutete, dass Journalisten kamen und Vati und Mike und die Damen des Ältestenrates und *wenauchimmer* löchern würden, indem sie mit ihren Pfennigabsätzen auf ihre Füße stiegen und sich darauf mit ihren Fragen im Kreis drehen würden.

Mike beobachtete nach Bas' Verschwinden jede meiner Bewegungen. Er war ein raschelnder Busch, ein dunkler Schatten an der Hausecke, eine Stirn am Küchenfenster. Auch die Blicke der Dörfler verurteilten mich, ohne ihr eigentliches Urteil zu kennen.

Ich zog mich in mein Zimmer zurück. Dort lag ich auf dem Boden und versuchte so lange nicht zu blinzeln, bis das Gehölz der Dachschräge mit seiner dunklen Maserung zu tanzen begann. Mit Bas' Verschwinden reihte sich eine weitere Leerstelle in meinen Tag, an der ich nicht vorbeikam.

Ich war zurückgelassen. Ein Tellerrest aus Knochen und Knorpeln, ein hartes Stück Strunk, faseriges Gemüse. Die Schreie, die Hetze, die Unsicherheit, die Bas durch das Schweineblut ausgelöst hatte, zogen das Dorf in eine so dunkle Ecke, dass ich es kaum noch sehen wollte. Und obwohl Bas die Eskalation verantwortete, hatte er vergessen, sie in die richtige Richtung zu lenken. Er hinterließ ein krustiges Blutgerinnsel, unter dem die Wahrheit vertrocknete, während die neue Wahrheit von den Zugezogenen mit jedem Tag weiter und weiter in die Köpfe der Dörfler einmassiert wurde.

Die Zugezogenen wurden nicht müde, ihre Geschichte zu erzählen. Sie quetschten sie zwischen Türen, riefen sie bei Fenstern herein, legten sie auf Bänke und steckten sie, wie feine Stäbchen, in die Ohren der Dörfler, wenn diese nicht aufpassten. Zufällig waren es ihre Türen und Fenster gewesen, zufällig traf Bas genau sie, zufällig hatte genau er ein Problem. Der Zufall wurde so willkürlich, dass er sich nicht an der Schwerkraft orientierte.

Vati vergaß den eigenen Hunger, die Müdigkeit, die Ruhe. Er rannte durch das Dorf wie ein kopfloses Huhn, dessen Fleisch zum Verzehr freigegeben ist. Es war eine Frage der Zeit, bis ein Hungriger ihn einfangen und verspeisen würde, und bis dahin musste er alle Standpunkte gehört haben.

Das Dorf verkeilte sich mehr und mehr in der falschen Erzählung, und meine heimliche Hoffnung, die Wahrheit würde aufgedeckt, wurde kleiner, bis ich sie nicht mehr Hoffnung nennen konnte. Die Blicke der alteingesessenen Dorfmenschen, deren dunkle Pupillen mich manches Mal schamlos verfolgten, vermuteten in den stillen Momenten, dass es noch was gab hinter meiner Fassade, die sich wie eine hauchdünne Oblate über meinen Körper zog. Wenn man nur gut genug hinschaute, dann konnte man vielleicht sehen, was darunterlag. Das, was man schemenhaft erspähen konnte, war nicht die neue Wahrheit der Zugezogenen, das rochen sie *gegen den Wind.*

55

Die kehligen Schreie kamen diesmal vom Herberthaus, um das es so still geworden war, dass es eine Zeit lang dauerte, bis die Schallwellen im Dorf ankamen. Das Geschrei, es kam aus dem krummen Rachen der Susanna und dem kurzen Rachen des Peter. Sie bewegten sich zum Fischteich, der eine dünne Eisschicht trug, die das schwache Licht des dunklen Wintertages kaum noch spiegelte.

Vati hatte mir in Marillchen-Tagen vom Eislaufen erzählt und mir seine Schuhe gezeigt, groß und schwarz mit zwei Messern an den Sohlen. *Früher gab es noch genug Eis und Kälte.* Seit ich denken kann, wurde Vati vom Winter enttäuscht. Nie würde ich ihn auf seinen Messerschuhen sehen, wie er auf dem Eis tanzte und lachte und froh und damals war.

Susanna hielt einen dünnen Brief in ihrer krummen Hand und weinte in den Eisteich hinein. Wer lange in das kleine Loch im Eis schaute, konnte dort im dunklen Wasser den Herbertkopf erkennen. Dieser hatte eine seichte Stelle erwischt, als er sich den Klotz ums Bein gebunden und sich mit der wenigen Kraft, die er nach all den Monaten zusammengerollt auf der Wohnzimmereckbank aufbringen konnte, in den Teich geschleift hatte. Seine dünn gewordenen Arme und Beine waren so schnell steif geworden, dass er es nicht weit genug ins Wasser schaffte. Seine Kopfhautkappe verpasste dem glatten, stillen Eiswasser eine Beule.

Seine Haare wehten im Wasserwind, den die Susanna in

ihrer Panik mit einem Lebenszeichen verwechselte. Sie ließ den dünnen Brief fallen und sprang selbst in den Teich. Doch fehlte ihr die Kraft, den steifen Herbert zu bewegen, und so konnte sie nichts machen, als den eiskalten, wehenden Körper ein letztes Mal zu umarmen, bevor der Kloane untertauchte, den Klotz vom Herbertbein löste und den toten Körper herauszog. Niemand durfte zuschauen.

56

Die Dörfler, die vom Kloanen auf den Dorfplatz, weg vom Fischteich, weg vom Herberthaus gescheucht wurden, waren in solcher Aufregung, dass selbst die, die den Herbert nicht gekannt hatten, sich einbildeten, es wäre anders gewesen. Der Herberttod kam ihnen recht und sie nutzten ihn, um das, was sich an Trauer und Hilflosigkeit in ihnen angesammelt hatte, auf dem Dorfplatz auszukippen. So standen, so saßen, so krümmten sich die falschen Herbertgefühle neben den richtigen. Niemand konnte sie auseinanderhalten.

Einzig die Dorfkinder weinten nicht. *Sie sind Kinder des Anthropozäns,* sagte Vati, während er in den jungen Augen erstarrte.

Die Klagelaute dauerten einen ganzen Tag und der Dorfplatz war am Ende feucht. Ich stellte mich nicht zu den Trauernden, obwohl auch ich weinen musste. Ich wollte nur wegen dem Herbert weinen. Dort auf dem Platz hatte die Trauer keinen Umriss. So schlich ich mich ins dunkle Herberthaus und fand die Stille eines ertrunkenen Wohnzimmers.

Lange hatte niemand mehr das Haus betreten. Niemand, außer der Peter. Er war ihn häufig besuchen gekommen und hatte dem verknoteten Vater, der reglos auf seiner Eckbank gelegen war, von der Schule und von seinem Tag und von seinem Leben erzählt und alles, was ihm einfiel, hilflos in den Raum geworfen. Er hatte von Mutti und Vati erzählt, den er auch Vati nannte, weil er das *Vatisagen* und *Vatirufen* so vermisste.

Peter wusste, dass es falsch war, zu einem fremden Mann *Vati* zu sagen, aber es war auch falsch, dass sein eigentlicher Vater allein war und so sehr stank, dass dem Peter bei längeren Besuchen schwindlig wurde.

Den ungewaschenen Menschengestank kannte Peter nicht und glaubte, dass es die Krankheit war, die aus seinem Vater herauskriechen wollte. Vorsichtig, als könnte der Peter auch krank werden, küsste er den Unterarm seines Vaters mit spitzen Lippen und lief dann schnell zur Tür hinaus.

Der verlassene Ort eines Toten sollte nicht unterschätzt werden. Ich hatte vom Kloanen gehört, dass nach Erikas Tod die Wanduhr heruntergefallen war und sich die Zeiger dreimal um das Ziffernblatt gedreht hatten, bis sie auf Punkt zwölf stehen geblieben waren und mit ihrem polyfonen Punkt-Zwölf-Kirchenton das Ende angekündigt hatten.

Im Herberthaus war weder etwas von den Wänden gefallen, noch läuteten Kirchenglocken eine diffuse Stunde ein. Der gelbliche Geruchsschleier zog sich aber durch die Räume und hatte sich auf die Zierdecken und Ziervorhänge und geschnitzten Holzfiguren und selbst auf die alten Bilder gelegt, die den Herbert und die Susanna auf dem Hof zeigten. Ein gelbes, glückliches Leben zeichneten sie in den grauen Tag. Einzig die Madonna aus Kunstharz, die direkt neben der tiefsten Mulde der Eckbank auf einem Holztisch stand und den leeren, körperfeuchten Fleck überwachte, strahlte in ihrem blauen Umhang, als wäre sie ein Farbklecks auf einem vergilbten Foto.

Ich setzte mich in die feuchte Eckbankmulde und schaute in Herberts Welt. Als ich den Blick nach vorne richtete, stach mich die Kunstharz-Madonna mit ihren schwarzen Pupillen und umhangblauer Iris. Ihr Blick verfolgte jede meiner Bewegungen in der Mulde. Ihre Augenbrauen hingen tief in der Stirn und warfen Schatten auf die stechenden Knöpfe ihrer

Pupillen, als wollte der Schatten ihren Blick entschuldigen. Die dunklen Knöpfe brannten sich schnell in die Gedanken, und selbst wenn man die Augen schloss, konnte man spüren, wie sie einen durch die dünnen Lider fixierten. Hätte jemand den Herbert rechtzeitig von den Blicken der Madonna befreit, als dieser noch atmete, dann wäre er irgendwann aufgestanden und hätte wieder mitgemacht. Wer weiß das schon.

Ich warf die kleine Figur auf den Boden und trat sie so fest, dass meine Knochen von der unnachgiebigen Plastikmasse Tage danach noch schmerzten. Die Figur lag unverändert auf dem Boden und blickte von unten herauf, wie von oben herab.

Peter erzählte später, dass die Madonna den Vati bewacht hatte, doch nach dessen Tod war sie vom Tisch gefallen.

Wenige Stunden nach dem Herberttod wickelte der Kloane den Leichnam in ein Leinentuch, das er an beiden Körperenden mit einem Strick zusammenband und das den Herbert zu einem großen Bonbon werden ließ. Die Dörfler versammelten sich zum zweiten Mal an diesem Tag auf dem Dorfplatz. Selbst die, die Herbert nicht gekannt hatten, warfen Geld in den kleinen Korb, den Susanna vor das Herbertbonbon gestellt hatte, damit auch dieser *zerfressen* werden konnte. Die Dorfmenschen waren ausnahmsweise großzügig und der Kloane versuchte seine Freude über den Korb hinter gespielter Traurigkeit zu verstecken.

Als Susanna wenige Worte gesprochen hatte, legte Peter getrocknete Blumen auf den eingewickelten Herbertkörper, und der Kloane und sein Freund hievten den Körper zum Waldrand. Derweil stimmten die Dörfler ein Trauerlied an. Susanna begann zu weinen und der Dorfplatz trocknete an diesem Tag nicht. Die Sonne aber trat in dem Moment hinter den Wolken hervor, als der Kloane mit seinem Gehilfen den Waldrand erreicht hatte und der Herbertkörper für immer tief im Wald verschwinden sollte. Der Peter unterbrach den Gesang und schrie *Ein Zeichen!* Die Dörfler aber waren müde von den Schreien und bereit, sich in ihrer Stille einzuhüllen. Niemand reagierte und der Peter setzte zaghaft den Trauergesang fort.

Nach der Zeremonie zerstreuten die Dörfler sich in ihren Gemäuern. Sie schlossen die Türen und verriegelten die Fenster. Niemand war mehr auf dem Dorfplatz zu sehen.

57

Als Vati Bas' Brief bekam, war ich nicht zu Hause. Ich spazierte, bis ich vom Spazierengehen müde wurde und mein Kopf so leer war, dass ich mich in meinem Zimmer verschanzen und die Augen schließen wollte, bis die Sonne wiederkam.

Als ich die Tür öffnete und ein paar Schritte tat, fand ich Vati, auf dem Küchenboden sitzend, in sich zusammengefallen, wie eines der leeren Schaltiere, dessen Geschmack eine Erinnerung war. Die untergehende Sonne strahlte ihm in den Nacken und malte einen leuchtenden Kranz um seinen Kopf. Peter hätte seine Freude gehabt.

Vatis Augen waren vor Müdigkeit wie von Kinderhand rotblau umrandet. Seine Schultern hingen an ihm herab und sein Adamsapfel zeichnete eine so spitze Kante in den Hals, dass man, wenn er den Kopf nach hinten legte, denken konnte, sein Halswirbel wäre gebrochen.

Als ich die Küche betrat, malte Vati darin ein Endzeitbild. Nicht nur waren seine Zähne blau und er roch nach Alkohol, er hatte auch sämtliche Vorräte aus unserer Vorratskammer um sich herum drapiert, wie ein Kind, das Burg spielte. Essigflaschen, Marmeladengläser, Fleischstücke, Trockenwürste, Apfelchips, Zwetschkenröster, eingelegtes Allerlei. Ein Malbuch unseres Gartens umzäunte den kauernden Vati, der mit seinen Fingern trotzig in des Zaunes Gläsern nach einzelnen Fruchtstücken, Gurkenstücken oder Rübenscheiben angelte, die er sich in den Mund fallen ließ. Einen großen Schluck aus dem grünen Flaschenhals, den der dürre Mann mit beiden Händen umklammerte, spülte er hinterher. Vati hatte aus Bas' Brief von den Feiern erfahren. Bas hatte mich, Vatis Tochter, darin nicht vergessen. Es war seine Art der Rache für mein Nichtstun und Nichtssagen. Ich las die wenigen Worte, die knappen Ausführungen, die verbrannte Wut auf dem gelblichen Papier, das zwischen Trockenwürsten und faltigen Äpfeln Teil von Vatis Burgzaun geworden war. Er sagte kein Wort. Er nahm eine Stange Brot und riss mit seinen Zähnen einen Brotfetzen davon ab, den er spülend in sich verschwinden ließ. Die Müdigkeit in Vatis Gesicht brannte mir an den Augenrändern.

Wenn er seine Augen schloss, kamen die Bilder. Sie waren so dunkel, dass er immer wieder nach hinten kippte und sein Kopf gegen die hölzerne Küchenfront schlug. Der Aufprall seines Kopfes weckte ihn und erinnerte an den Überfluss vor ihm, den er sich lange rücksichtsvoll verweigert hatte und nun rücksichtslos konsumierte. *Das war das schöne Leben. Das war es, nicht, Marillchen? Endlich leben wir das gute Leben!* Meine beiden Hände, die seine Schultern umklammerten und seinen Kopf durch die Luft kreisen ließen, weckten ihn aus seinem Albtraum und er schaute mich an, mit Augen ohne Blick. Da wünschte ich mir den Vati mit dem falschen Lächeln, dessen Wangen starr, eingefroren und kalt zurücklächelten. Den, der an Kampagnen arbeitete, die den Zustand des Dorfes gegen die Illusion tauschten und den Menschen, wenn sie die Augen schlossen, ihre Gedanken durch schönere, buntere Bilder ersetzte, mit einer Vision, die so unerreichbar war, dass sie erstrebenswert sein konnte.

Der echte Vati aber hatte sich so lange hinter dem glatten Gesicht versteckt wie hinter einem Paravent, dass er das *Früher* verdrängt hatte und mich ein unbekannter Mann, der seine

Kapitulation mit Brotfetzen und Fleischfasern zwischen den Zähnen wortlos ausrief, ansah.

58

Tage später konnte ich die Kunstharz-Madonna noch mit jedem Tritt in meinen Knochen spüren. Sie hatte ihre rosigen Wangen und dunklen Augen unnachgiebig in meine Fußsohlen gegraben und dabei milde gelächelt. Als ich in aller Früh den Geheimweg entlanghumpelte, kam mir Peter entgegen. Seine Augen schwebten in zwei dunklen Höhlen und seine Haut war so blass, dass der Kloane ihn gerne in den Keller mitgenommen hätte. Peters Blick lief an mir vorbei. Er lächelte und ich wunderte mich über sein Lächeln, während ich mich zum Dorfbrunnen setzte und mir das kalte Wasser ins Gesicht spritzte, das den Augen in kleinen Glasflaschen teuer verkauft worden war. *Artesisch* war das Wasser und es stank nach Schwefel und der Herr Z hatte für das Etikett eines seiner Bilder zur Verfügung gestellt. *Je widriger es einem vorkommt, desto besser verkauft es sich.* Vati hatte seine strahlenden Zähne gezeigt und die Etiketten mit einem Pinsel zufrieden auf die Flaschen gestrichen.

Ich schaute mich um. Der trauernde Schleier, der auf dem Dorf lag, war von einer rosaroten Dämmerung übermalt worden. Die Hausmauern, dunklen Holztüren, getrockneten Gartenblumen, roten Herbstkatzen waren in rosa Deckfarbe getaucht, als wollte die Farbe alle Erinnerungen unter sich begraben. Das Dorf, es gaukelte die Illusion vor, die es hinrichtete. Ich konnte Augenpaare sehen, die aus Fenstern schauten, und den Hackner, der aus dem Kuhstall trat und davor stehen blieb. Ich beobachtete die Frau Erich, die versuchte, eines der Herbstkätzchen einzufangen, dessen rotes Fell im Dämmerlicht rot-rosa geworden war und das so weich aussah, dass selbst ihre Holzhände danach verlangten. Nur wenige Minuten dauerte das Lichtspiel, doch es ließ die Blicke der Dorfmenschen so weich werden, dass man die Spiegelung in den Augen der alten und der neuen Dörfler schnell mit Güte verwechseln konnte. Und so war es dann auch.

Foto © Gabriel Hyden

Selina Holešinsky wurde 1991 in Grafendorf in der Weststeiermark geboren. Von dort zog es sie nach Berlin, San Francisco und Hamburg. Sie studierte Medienmanagement und Journalismus und arbeitet seit knapp zehn Jahren in der Werbung, wo sie sich Strategien und Konzepte für Marken überlegt. Sie schreibt Texte und Hörspiele u. a. für Ö1 Track 5', mosaik, Der Standard oder das Fleisch Magazin. Im Moment lebt sie in Wien.